石を切り出すだけの仕事に
働く喜びを見つけた物語

仕事は輝く

WORK SHINES

犬飼ターボ
TURBO INUKAI

飛鳥新社

ある日、旅人が道を歩いていると、ひどく疲れた様子の石切り職人がいた。

「何をしているのですか？」

と旅人は尋ねた。

石切り職人は不機嫌そうに答えた。

「見れば分かるだろう。石を切り出しているんだ。生活のためだから仕方ない」

旅人はまた歩き始めた。

今度は、元気に働いている石切り職人と出会った。

「何をしているのですか？」

と旅人は尋ねた。

「教会を造るために石を切り出しているんです」

と石切り職人は答えた。

「何をしているのですか？」

その先を歩いていくと、今度は顔を輝かせて働いている石切り職人がいた。

と尋ねると、彼は答えた。

「教会の石を切り出しているんです。みんなが心安らかでいられるように」

【重要】本書の読み方

この物語は「石切り職人の話」という有名な寓話を元にしています。

石切りがレンガ職人だったり、造っているのが教会だったり、城だったりといろいろなバリエーションがあります。

なぜ多くの講師によって語り継がれているのでしょうか？

それは、仕事の意味とやりがいに気付かせてくれる、分かりやすい寓話だからです。

本書はこれをストーリー仕立てにし、多くの人が共通して持つ仕事の悩みを取り上げています。

こんな症状があればあなたは主人公と同じタイプですので、まるで物語が自分のことのように感じられるでしょう。

□ 自信がなくミスが多い

□ 自分を責めやすい、落ち込みやすい
□ 休み明けに仕事に行くのがおっくう
□ 上司に不満を持たれてしまう
□ ちゃんと仕事をしているはずなのに上司にあまり評価されない

本書を読むときは必ず、主人公アルダがするように、秘法をどう使うか、自分の立場に置き換えて考え、実行してください。

ただ読むだけでは、あなたには何も変化は起こりません。

もし自分に置き換えて考え、実行するなら、この本の価値はあなたが払った金額の数百倍、数万倍に膨らむでしょう。

数年後には、あなたは悩んでいる人たちに「石切り職人の話」を伝える側になっているかもしれません。


それでは、アルダと共に秘法を学ぶ旅に出かけましょう。

観光客はその高い城壁を見上げて歓声をあげる。

この城壁が造られた遥か昔と同じように、周辺の国々や有力な商人の旗が立てられ、風になびいている。

さあ中へどうぞと多くの人を歓迎しているようだ。

きっと城壁の内側では、人々が毎日を生き生きと暮らしているのだろう。

その昔、この海は「星の海」と呼ばれていた。周辺には両手に余る数の小国がひしめき、勃興と滅亡、独立と併合を繰り返す混沌とした時代だった。

城壁は外敵の侵略を防ぎながら、商人たちを引き寄せ商業を盛んにさせた。

観光客は、そびえ立つ城壁を見上げ、1000年以上もほとんど崩れずに形を保っていることに驚き、遥か昔に生きた人々の暮らしを想像する。

どんな会話をして、どんな食べ物を食べて、どんな仕事をして、どんなことに悩み、どんな恋をしたのだろうか。

これはそんな城壁を造ったある1人の若者の物語。

異国の商人

この季節は内陸の砂漠から吹く風の影響で、空気が砂っぽくみんなが目を赤くしていた。

仕事が終わると親方がみんなを集めた。

列に並ぶみなの顔に笑みが浮かぶ。給料が渡されるのだ。

アルダも親方から硬貨を受け取り、袋に入れた。振るとチャラチャランと音がする。この重みは気持ちいい。

川で汗と砂だらけになった体を洗い流し、せっかくの給料を横取りされないよう湾岸都市に急いで戻った。

湾岸都市は〝都市〟と呼ばれているが、王が治める王国だ。肥沃《ひよく》な土地ではないが、星の海と呼ばれる海に面し、交易によって栄えている。星の海には同じような小国が数多くあった。昔から領土の争いが絶えない地域でもある。

アルダが湾岸都市の広場に着くと、商人たちが店を片付けているところだった。


商人たちは東西各地からやってきて、品々を取引している。食べ物、装飾品、動物、武器、調理道具、農具、置物、家具……なんでもある。

アルダは異国の珍しい商品をのぞくのが好きだった。

いろいろな国の言葉が飛び交う。行商人たちも様々な格好をしている。

背の高い真っ黒い肌をした南西の大陸の商人は動物の牙や骨で作られた精巧な置物を並べている。

顔に入れ墨をした背が低く深い森の奥からやってきたマノ族の商人は珍しい木の実や森でしかとれない果実から造られた酒を売っている。そのお酒を飲むと幻覚を見るという噂だ。

赤らんだ白い肌と黄色い髪とひげをたくわえた北方の雪国から来た裕福な商人は、数人の部下を従えている。売っているのは、ふわふわの毛皮だ。指には大きな宝石の指輪をはめている。

そこかしこの宿で夕食の香辛料の効いたスープや鳥や羊の肉を焼く匂いが立ちこめている。湾岸都市には行商人のための宿や酒場も多い。

食べ物や毛皮や香料などが入り混じったにおいは、市場の独特のものだった。

「そこの若い人」

アルダが振り向くと、年老いたロバを引いている異国の商人がいた。頭に黒い布をぐるぐると巻いて、白いあごひげを下に、鼻の下の口ひげを横にピンと伸ばしている。肌の色は褐色で、彫りが深く、何より鼻が高い。ロバのように痩せて年老いているようだが、背筋がしゃんとしている。

「ここの人かね？」商人の発音には西の国のなまりがあった。

「はいそうです」

商人からは不思議な香料の匂いがした。アルダの顔をじっと見てから言った。

「お主には大器の相があるな」

「タイキのソウ？」

「大物になる顔をしておる。護りついている霊も並々ならぬ。しかし、今は仕事が悩みの時期にあるようだ」

「なんで分かるんですか」

商人は口ひげをさすりながらふふんと笑った。

「私は人々の悩みを解決するために諸国を回っておる。その人物を見ればだいたいのことは分かる。お主が悩みをどうにかしたいと思っているのなら、これを買うといい」

ロバの横に木の箱がくくりつけてあり、そのフタを開けた。中には紙を筒状に丸めたものがいくつかあった。

「なんですか、これは？」

「仕事の悩みを解決し、幸せと成功をもたらす〝秘法〟を学べる巻物だ」

「秘法⁉」

「そう、富を生み出すための教えが魔法のインクで書かれた貴重な品だ」

今までいろいろな商品を目にしてきたが、秘法が書かれた巻物なんて初めてだ。

「宝の地図ではないのですか？」

「地図ではない。富は黄金や宝石のようなものだけではないぞ。最も貴重な富はここから生み出される」

商人は自分の頭を長い中指でとんとんと叩いた。

「頭から生み出されるのですか？」

「そう。本当に富を生むことができるのは、頭の中にある考え方だ。この世界で富を築く者は、富を生む考え方を学んだ者だ」

「それはすごい」

アルダは興味をひかれて、巻物に手を伸ばす。

「こらこら、汚い手で触るんじゃない」

巻物は羊の皮を薄くなめした羊皮紙でできていた。

「ですが、ぼくはただ石を切り出しているだけです。商人ではありません」

「パン焼き職人だろうと、家政婦だろうと、鍛治屋《かじや》だろうと関係ない。どんな者にも当てはまる秘法だ。ところで名前は？」

「アルダです」

「そうか、アルダよ。石切りの仕事は楽しいか？」

「楽しくはないです。毎日石を切り出して運ぶだけの仕事ですから」

「そりゃつまらん仕事だなぁ」商人は大げさに肩をすくませた。

「それに、親方にはいつも怒られているし。向いていないのかなと思います」

商人はうんうんと深くうなずいた。

「まさにお主のような者が買うとよいのだがなあ」

「仕事が楽しくなるんですか？」

商人は笑った。

「そんなことは、この巻物から得られるごく小さな成果の1つだ」

「そうなんですか。巻物はいくらですか？」

「3ゴールドと言いたいところだが、1ゴールドにまけてやろう」

アルダはうなだれた。

「1ゴールドは無理です。僕の1か月分の給料です。生活もぎりぎりなのに払えません」

「なおさらお主には必要なようだな。それに1か月の給料で買えるのなら安いではないか。あっという間に取り返せるぞ」

「でも、1ゴールドもあったらパンを何百個も買えます」

「愚か者め。まったく秘法をパンと比べるとは。書かれている智恵を自分で聞き集めようとすれば、何年かかると思っている。たった1か月では手に入れることはできんぞ」

直感

「さあ、もう店じまいの時間だ。買うか買わないか決めてくれ。頭で決めかねているなら、胸に聞くとよい。心はお主に直感の答えを教えてくれる」

アルダは言われたとおりに胸に聞いてみた。

何か内側から「これだ！」という声が聞こえた気がした。そして、今日まさに買えるだけのお金も持っている。

「買います」

自分でも思いきった決断だ。今日受け取った給料をすべて渡した。

「よしよし。どれか1つを選びなさい」

箱の中にはいくつか巻物がある。

「これは全部違う内容なのですか？　どれが一番いいんでしょう？」

「一番いいものはない。自分が選んだものが自分に最適なのだ」

アルダは目をつぶって、最初に指に触れた1つを選んだ。

これで人生が変わるかもしれないという期待で高揚していた。

何が書いてあるんだろう。

「こらこら、待ちなさい！」さっそく広げようとするアルダを商人が呼び止めた。

「ここで開けてはいけない。家に帰ってからだ。1つ目は書いてあるが、そのあとの秘法は謎を解くと浮かび上がる」

「謎を解くと浮かび上がるのですか？」

「人生は階段を登るようなものだ。新しい階段に登ると新しい喜びが待っているが、同時に新しい悩みも待っている。その問題を解くのは自分だ」

「分かりました。謎を解く自信がないのですが」

「あきらめなければ、必ず謎は解ける。おっと、それからこれも持って行きなさい。お主に必要な品のようだ」商人はポケットからなにやら取り出した。

「これを心険しい人にあげなさい。穏やかになるだろう。そして、いずれ探し出すときに役立つ」

緑色の石が埋め込まれた銀細工の指輪だった。こんなに高価なものをおまけしてくれるとはなんていい人だろう。

「アルダよ。喜びと悩みは表裏一体だぞ。さあ、旅を楽しみなさい」

受け取ったアルダはお礼を言って家に向かって走り出した。早く巻物を広げたくてうずうずしていた。

第1の秘法　意識の持ち方で仕事は変わる

緑の石の指輪

アルダは家の扉を勢いよく開けた。

「母さん、すごいものを手に入れたよ」

巻物を突き出して見せた。

シチューを作っていた母親がヘラを持つ手を動かしながら振り返った。

母親は眉間にしわを寄せる。

「まあ、変なものを掴《つか》まされたのでなければいいけど」

母親の心配をよそに、アルダは巻物を広げた。

何やら文字が書かれている。『持つ』しか読めなかった。

「ハサンおじさんに聞いてみるよ。役場で書記官をしているから」

母親は心配顔で近づいて、巻物を裏返したり、火にすかしてみた。

「1行しか書いてないじゃない。これをいくらで買ったの？」

「ええと……1ゴールドだよ。でも……」

母親はみるみる険しい顔になった。

「なんてこと！　あんた、だまされたんだよ」

「違うんだ。これ以外の文字はすぐには浮かんでこないんだよ。謎を解かないと出てこない仕組みになっているんだ」

「何言っているの！　そんなの嘘に決まっているでしょう。早くお金を返してもらって来なさい」

アルダは険しい母親の顔を見て思い出した。

「あ、これはその商人がくれたんだ。母さんにあげるよ」

緑の石の指輪を渡した。途端に母親の表情が変わった。

「あら、この指輪、父さんがくれた結婚指輪にそっくり。なくしてしまって困っていたのよ。……まあ、仕方ないわね」

アルダは穏やかになった母を見て胸をなでおろした。

サルマのスープとラナー

翌朝、アルダはだるい体を強引に起こして、巻物を大切にかばんに詰めて家を出た。

仕事が終わったら親戚のハサンおじさんに読めない部分を教えてもらおう。

石切り場に行く前に、お昼に食べるパンを〝サルマのスープ〟で買っていく。

サルマという未亡人がやっている美味しいモッソの肉のスープが自慢の店だ。夫は酒に酔って海に落ちて死んでしまった。夫が亡くなってから女手ひとつで3人の子供を育てている。息子の下に娘2人がいて、娘たちが店を手伝っている。

店の中にはパンを焼くかまどと、大きな鍋が2つある。入り口にテーブルが並べられ、パンとモッソスープを売っていた。

朝はいつも行列ができるほどの人気だ。姉妹が並んで売り子をしている。アルダは上の娘のラナーの列に並ぶ。

　客たちは、特に女たちは、海辺の村を海賊が襲っただの、畑がモッソに荒らされただの、誰それのところに赤ちゃんが生まれただのといったおしゃべりに夢中だ。アルダはなんとなく聞きながら、今日はラナーになんと話しかけようか考えていた。

　順番が来た。

「やあ、ラナーおはよう」アルダはカバンから自分の壺《つぼ》を渡す。

「おはよう、アルダ。いつものでいい？」ラナーが八重歯をのぞかせて言った。

　アルダは気の利いたおしゃべりでもしようと思うのだが、結局パンとスープを注文することしかできない。

　ラナーが壺にスープを入れる。このときアルダに目配せをして、他のお客さんよりちょっと具を多く入れてくれる。しっかりと壺にふたをする。

　アルダは胸の鼓動を感じながら代金を渡す。

　やった。指先がラナーの手に少しだけ触れた。

「いってらっしゃい」笑顔のラナーに見送られる。

指先が触れた感触と、八重歯がのぞく笑顔を思い出しながら、アルダは夢見心地で歩き出した。

そして、1日で一番楽しい時間が終わってしまったことを残念に思った。

アルダが住む湾岸都市は、大人2人分くらいの高さの城壁に囲まれている。城壁には東西南北の4か所に門があって、夜になると閉じられる。

南門を通り過ぎたとき、いきなり頭を後ろから小突かれた。前のめりに転びそうになる。

「おい、ひょろひょろ。ぼーっとしやがって。俺の妹を変な目で見るんじゃねえぞ」

ザキだ。こんなところで最悪な奴に会ってしまった。

ザキにはいつも子分がくっついていた。3人の子分らも同じようにアルダを押したり、小突いたりしてきた。アルダはバランスを崩して地面に手をついた。

「やめろよ。そんなふうに見てないよ」

ザキはサルマの長男で、アルダの1歳か2歳上だ。ザキの父親はお酒を飲んではザキを殴っていたらしい。今でもザキの頬には大きな傷跡がある。

ザキは拳をアルダの顔すれすれに突き出した。

「あはは、ビビりやがった。ほら、いつもの出せよ」

「お金はもう使って持ってないよ」

「嘘をつくな。昨日は給料日だったろう」

子分たちは身体検査をして、ザキに向かって首を横に振った。

ザキは唾《つば》を吐き捨てると、アルダに肩からぶつかってきた。

カバンをかばいながら仰向けに倒れたアルダは、ゆっくり砂ぼこりをはらって時間をかせぎ、奴らを先に行かせた。

まっさきにカバンの中身を確認する。ラナーが入れてくれたスープの壺は無事だ。

ラナーのお兄さんがあんな最低の野郎だなんて。

ため息をついてから、歩きだした。

厳しい親方

石切り場につくと仲間や親方に挨拶し、いつも使っている金槌《かなづち》を手にとった。石切りの組織は、一番上に親方がいて、その下に4人の団長がいる。4人の団長の下には20人の組頭、そして組頭が4、5人の職人を束ねている。

アルダの組頭は、テベスという背は低いが横幅ががっちりとした男だった。仕事の不満を言わない代わりに、おしゃべりもほとんどしなかった。

「この列だ」

テベスの指示で、職人が一斉に等間隔に並んで楔《くさび》を打ちはじめる。カンカンという甲高い音が響き渡る。一列に楔を打ち込んでいくと、岩に亀裂が入って割れる。もちろん、簡単に割れてくれるわけではない。硬い岩筋が入っていたり、逆にもろくなっている部分もある。組頭はそういうことを考えて楔を打ち込む場所を決める。

石切り職人の男たちはみなたくましい。重い金槌を振り続けたせいで盛り上がった肩と太い腕。切り出した重たい石を持ち上げているので足腰も鍛えられていた。

アルダはこの石切り場で1番目か2番目に体が小さい。筋肉も付きづらく、同じ作業をしていても他の職人より早く疲れてしまう。金槌はみなよりも一回り小さいものを使っている。こんなものを使っているのは、よぼよぼになった年寄りの職人くらいだ。みんなにばかにされていたし、みんなと同じだけの仕事ができないことに引け目を感じていた。

「次はこの列だ」

テベスの指示でアルダも楔を打ち込む作業に取りかかろうとするが、なにかが変だ。

「おい、アルダを見てみろ」

隣の職人がアルダの異変に気付いた。笑いが起こる。

「え?」

アルダはいつもと逆に、楔で金槌を叩こうとしていることに気付いた。

「あいつは本当にばかだ」その一言でまた笑いが起こる。

アルダは顔を赤くした。いつも真剣なのに、なぜかこんなぼけたことをしてみんなの笑いものになる。そんな自分が嫌だった。

打ち込んだ楔が岩に亀裂を走らせていく。

「割れるぞ」

転がった石で足をつぶされたりしないよう、みなが石から離れる。

ゴロンと鈍い音を響かせて石が切り出された。

切り出した石の横に運搬具を置く。2本の木の棒の間に皮を渡したものだ。

石を転がして載せて、近くの海にとまっている船に積むまでがアルダたちの仕事だ。

「オーオーオー、セイ」のかけ声と共に一斉に持ち上げる。

アルダは背が低い上に力が弱い。持ち上げるにはもう1人のサポートが必要だった。

歩き出してもよろよろしてしまう。バランスを崩すと大変だ。

「アルダ、よろけるな！　しっかり歩け。このばか！」

「はい！」

大人１人分の重みが肩にかかり棒が肉に食い込む。

みんなより背が小さいので、少し肩を上げていなければならない。歯を食いしばる。

船まであと少しというところだった。

痛みに耐えられず、肩を下げてしまった。よろけて、肩から棒が滑り落ち、石が地面に落ちる。

「アルダ、何してんだ！　あぶねえだろう！」

仲間たちから怒鳴られる。

また迷惑を掛けてしまった。

そこへ親方がすごい形相《ぎょうそう》で駆け寄ってきたと思ったら、アルダの目の前に火花が散った。

殴られてふっとんでいた。

「ばかやろう！　けがしたらどうするんだ」

「す、すみません」

親方はとりわけ体格がよく、若いころは力比べ大会で一番になったこともある。頭はつるつるで首がやたらと太い。誰も親方に歯向かおうとする者はいない。

親方にはいつも監視されている気がする。きつく注意されたり、今日みたいに殴られることも多い。仲間からも「親方はお前に厳しいな。目をつけられているみたいだから気を付けろよ」と言われたことがある。しかし、なぜか親方が見ているところでばかりへまをしてしまうのだった。

やっと昼の食事の時間だ。

石を切り出したところに腰掛け、スープにパンをひたして食べる。ラナーの顔を思い出しながら味わうと幸せな気持ちになる。

アルダにとって嫌なのは、父親と比較されることだった。

お前のお父さんは優秀な職人だった。親方の右腕だった。みんなからも信頼を得ていた。そんな話を何度も聞かされた。父を誇らしく思う気持ちよりも自分の未熟さを痛感させられるのだ。そして必ず体格の違いに話が及ぶ。

「アルダ。お前のお父さんは、がっしりした強い男だったが、お前は細いな。本当に親父さんの子なのか？」きまって大笑いになる。アルダも一緒になって笑うが、内心は居心地が悪かった。

もしかしたらお父さんの子ではないかもしれないと思ってしまう。

父親の最期の話になるとみな口をつぐんだ。石の下敷きになり、悲惨な死に方だったようだ。

石切りは危険な仕事だ。けがをすることはしょっちゅうある。崩れてあやうく生き埋めになりそうになった人も見た。

午後の仕事が始まった。あとひと踏ん張りだ。

巻物のことを仕事の最中も考え続けたために、2回も指を叩いてしまった。

「また指を打ったか。まだまだだな」と仲間に笑われた。

本当に自分はまだまだだと思うのだった。

こんなことがこれから毎日、何年も続くのかと思うとうんざりする。


専門家として何をする？


夕方。アルダはずきずき痛む肩を押さえながらハサンおじさんの家を訪ねた。

扉をノックすると、おばさんが出てきた。

「あら、アルダ。いらっしゃい」

ふくよかな胸に溺れそうなくらい抱きしめられる。ぶちゅっとキスをしてくるのでちょっと苦手だった。

「ハサンおじさんに用があるんだ」

ハサンおじさんの頭はツルツルで、坂道から転がしたらころころと良く転がりそうな形をしている。

娘が３人いる。一番下の子はまだ生まれたばかり。上の子はやっとお母さんのお手伝いができるようになった。娘たちに石切り場でみつけたきれいな石をあげると喜んだ。それでお店屋さんごっこをして遊びはじめた。

アルダはテーブルに巻物を広げた。

「異国の商人から買った魔法の巻物なんだ。これってなんて書いてあるの。仕事の悩みを解決して、富を生み出す方法を教えてくれるらしい」

おじさんは口ひげを触りながら読んでくれた。

「珍しい巻物だな。なになに。【専門家としての意識を持つ】と書いてあるぞ」

「専門家か。ぼくは自分を専門家としては思っていないなあ」

「え、そうなのかい。アルダは立派な石切り職人じゃないか」

「ぜんぜん違うよ。まだまだ見習いの半人前だよ。おじさんは専門家だよね？」

「まあ、そうだね。書記官をしているから、専門家だと思っている」

「なんで自分を専門家だって言えるの？」

「書記の仕事を選んだからさ」

「選んだから？　いつごろから専門家だって思えるようになったの？」

「やっぱり書記の仕事を選んだときからだな」

「見習いのときから？」

「見習いだろうと、20年続けていても関係はないと思うよ。専門家というのはその道を進むと決めたときになるものさ。経験がなくても自分はこれから書記官で生きようと決めたら専門家になる、と私は思うね」

アルダは反論したくなった。

「でも、みんなに未熟だとか、お前はまだまだだって言われたら、自分を石切り職人だって思うのは難しいよね」

「他人の評価と自分を専門家だと思うことは別のことじゃないかな。それに私も書記官としてはまだまだ未熟だし、怒られることもある」

「え!?　おじさんも自分のことを未熟だって思っているの？」

「書記官の仕事は奥が深い。完璧な書記官だなんて言える日は永遠にこないだろうね」

「でも、ぼくの仕事は雑用のほうが多いんだ。足場を作ったり、石のかけらを掃除したり」

「私だって同じだよ。紙を運んだり、整理したり、部屋の掃除もする」

アルダは目からウロコが落ちた気分だった。

「未熟でも雑用が多くても専門家だと思っていいんだね」

「ああ、もちろん。他人からの評価も関係ない。どうだい？　石切り職人だと思えるかい？」

アルダは考えてみた。私は石切り職人ですと言えるだろうか。

口に出すのは恥ずかしさがあった。

「やっぱり、難しいなあ。ぼくはみんなと違うんだ。経験だけではなく、そもそも体格が違うから。どう考えてもみんなと同じような石切り職人にはなれそうもないんだよ」

「だったら、石切り職人という表現を使わなければいい。そうだな。〝石切りの専門家〟というのはどうだい」

「石切りの専門家か……。うん、とてもいい感じがする。ありがとう」

「よし、今日からアルダは石切りの専門家だ。もちろん専門家と名乗るからには、そのように振る舞わなければならないよ」

「専門家として振る舞う……どうしたらいいんだろう」

「それは専門家として提供する価値を高めることだ」

「価値を高める……なんか難しいね」

「なに、簡単なことさ。例えば私の職業でいえば読みやすい字で書く、記録の書式を学ぶ。アルダの場合だと何をすればいいだろうね」

「何をすれば？　そうだなあ」

アルダは自分を石切りの専門家だと思ってみた。

「まずは石を切り出す能力を高めないと。そのためには……うん、上手な人のやり方を観察してみるよ。分からなかったら聞いてみる」

「自分で試行錯誤するよりも、ずっと近道だな。何年か続けていれば、きっと素晴らしい石切りの専門家になっているよ。いずれは文字の読み書きもできないといけないぞ」

「分かった。練習するよ」

ハサンおじさんは、紙に炭で「私は石切りの専門家です」「上手な人を観察する。分からなかったら聞く」と書いてくれた。

「これをいつも持っていたら意識できるだろう、仕事の前に読んだらいい」

「目が覚めたみたいだ。これからは石切りの専門家としてやっていくよ」

「おめでとう！　石切りの専門家の誕生に乾杯だ」

ハサンおじさんの好意に心から感謝した。

この日考えたこと、決めたことは、後日驚くべき変化をもたらすことになるのだった。

母は何の専門家？

「お帰りなさい」

疲れて帰ってきたアルダを母親が迎える。いい匂いだ。

今日痛めた肩の傷を見せた。

「まあ、かわいそうに。こんなに皮がすり切れてしまって。仕事を変えてもらったら？」

母親が軟膏《なんこう》を塗ってくれる。

「無理だよ。みんなは普通に担いでいるんだ。そうそう、文字が分かったよ。『専門家としての意識を持つ』と書いてあったんだ」

ハサンおじさんと話したことを話した。これからは石切りの専門家としてやっていくということも。

「母さんは何の専門家なの？」

「そんなの決まっているわよ。〝母親〟よ」

自信を持って言ったのでアルダは感心した。

ハサンおじさんに聞かれたことをそのまま聞いてみた。

「じゃあ、専門家として提供する価値を高めるために何をすればいいと思っているの？」

「変な質問ねえ。いろいろあるけど、料理だったらいい材料を市場で選んで、料理の仕方もちょっとずつ工夫するの」

「へえ、工夫してるんだ」

「そうよ。近所の主婦たちにいつもと違う料理の仕方を聞いて。あなたが美味しいって言うか試しているのよ。気付かなかった？」

そう言えばいつも今日の料理はどうかと聞かれてた。そういうことだったのか。

「さあ食べなさい。あなたの好きなトリモッソよ」

小麦の生地の皮で分厚いモッソの肉を巻いて焼いた料理だ。

目の前のトリモッソがいつもと違って見えた。

かぶりつくと肉汁がしたたる。

どうりで母さんの料理は世界一美味しいわけだ。

「私は石切りの専門家です」

その日からアルダは、仕事が始まる前にハサンおじさんが書いてくれた紙を取り出して、文字をなぞりながら声に出して読むようにした。

「私は石切りの専門家です」

この言葉を口にすると背筋がシャキッとした。

不思議と金槌が軽く感じるのだった。石運びのときにも前ほどよろけなくなった。

筋肉がついたのもあるだろうが、それだけではない。筋肉に力が入るようになった。

自分は専門家だと思うようになっただけで起きた変化だ。

「おいアルダ。今日はやけに張り切ってるな。また指を叩かないように気を付けろよ」

いつものようにからかわれたが、前のように卑屈《ひくつ》にはならなくなった。自分は石切りの専門家なのだという考えが、自尊心を傷つけないよう守ってくれているようだ。

それから、アルダは専門性を高めるために決めたこと。「上手な人を観察する。分からなかったら聞く」も実行することにした。

まずは組頭のテベスが何をしているのかを注意深く見てみた。

すると、自分がやっていない動作をテベスがしていることに気付いた。

例えば、楔を打つとき、最初は金槌の頭に近い部分を持つ。楔が安定してきたら柄のほうにずらして大きく打っている。

「どうしてそうするんですか？」と聞くと、「最初に小さく打ったほうが安定するからな」と教えてくれた。

やってみるとそれはとてもやりやすい方法で、今までのように金槌で手を打ってしまうことが減った。

なんでこんな簡単なことに気付かなかったんだろう。自分の愚かさにあきれた。

他にも楔を打ち込む位置、打ち込む角度、岩から切り出す順番、道具の手入れの仕方、石の積み方など、観察すると自分はやっていなかった小さなことがたくさん見つかった。

なぜそうしているのか分からなかったら遠慮せずに聞くと、ときには意味がないこともあったけど、大抵はなるほどと思える理由があるのだった。

ある日、休憩中にテベスに言われた。

「最近、頼もしくなったな」

「え、ぼくが？　そんなことないですよ」

アルダ自身はとてもそうは思えなかった。

「たしかに、ミスをしなくなったよな」横に座っていた職人も言った。他の職人たちも賛同してうなずく。

そう言われてみると、たしかにミスが減った。不思議だ。

「アルダがしっかりしてきたのはちょっと残念だ」

「からかえなくなったな」

口々にそんな冗談を言ってきた。

確かに、ばかにされることも少なくなった。

以前はあんなにそそっかしい間違いを繰り返して、みんなの笑いものになっていたのに。

■第１の秘法を自分のものにするためのレッスン■

①あなたは何の専門家ですか？

②その専門家として、提供する価値を高めるために具体的に何をすればいいですか？

《このレッスンに取り組むと得られること》

- □ 目指す方向が見つかる
- □ ぶれなくなる
- □ 自信につながる
- □ 未熟者という低いセルフイメージが起こさせていたミスが減る
- □ 提供する価値が高まり貴重な人材となる

第2の秘法　自分を責めることに意味はない

自分責め

アルダは、先輩たちを観察し、新しい方法や技術を次々に取り入れていった。

しかし、先輩の技術を知れば知るほど、今まで自分は何をしていたんだろうと嫌な気持ちになった。

ヒントはいくらでも転がっていた。目の前でみんなが見せてくれていた。なんであんなことをするのだろうとなんとなくは思っていたのに、まあいいかと流していた。

みんなに迷惑を掛けていたことにも気付いた。

そして、そのことにまったく気付けずにいた愚かな自分を深く反省した。あきらかに自分は低レベルな職人だった。

学べば学ぶほど未熟な部分が出てくる。

そのたびに自分を責めた。

ため息が出てしまう。

効率のいい方法をひとつ見つけるごとに、過去のだめだった自分を見つけることになる。

そのたびに苦しい思いをして、専門家としての意識を持ち続けることがだんだんおっくうになってきた。

弱気になると自分の頬を叩いた。

「だめだ、だめだ。みんな頑張って上達したんだ。こんなことで苦しいなんて思ってどうする」

そうすると一瞬気持ちが上がるのだが、効果は長く続かなかった。

手を抜いている職人たちを見ると、向上心がないだめな奴らだと感じるようになった。その反面、気楽でいいなとうらやましくも思うのだった。

永遠にたどり着けないゴールを目指して走り続けているようだ。

この苦しみはいつ終わるのだろうか。ハサンおじさんは完璧になれる日は永遠に来ないといっていた。

もうあきらめてしまいたい。

弱気になると、「だからお前はいつもだめなんだ」と厳しく自分を追い込んで、心を奮い立たせた。

そのうちに、自分には専門家を目指すなんて無理だと思うようになってきた。

だが、これこそ、次の秘法があらわれるための準備がととのった状態だった。

「自分を責めることに意味なんてねぇぞ」

午前のひと休憩。隣に組頭のテベスが座る。

「最近は聞いてこないな」

テベスから話しかけてくるのは珍しい。

「そうですね。正直、ちょっと学ぶことに疲れてしまいました」

乾いた風が吹く。どこかに湿った空気が混じっている。雨が降るかもしれない。

「楽にはなってないのか？」

「作業は楽になっているんです。でも、学べば学ぶほど自分はだめだなって、がっくりするようになってきちゃって。みんなも頑張っているし、甘えちゃいけないっていうのは分かっているんですけど」

テベスはしばらく空を見ていた。

「自分を責めることに意味なんてねぇぞ」

「？」アルダは首をかしげた。

「さあ、はじめるぞ」

テベスはみんなに声をかけると立ち上がった。

作業が始まってからも、テベスの言葉が頭の中をぐるぐると回っていた。

自分を責めなくていい――。

意味が分からない。自分はだめだから変わろうと思っている。そのために反省することのどこがいけないのか。

雨が降りそうなので仕事のピッチを上げた。
高いところの石を切り出すときには、切ったときに落ちてしまわないように縄で縛る。
1人の職人が結び方に失敗し、途中でほどけてしまった。
「ああ、申し訳ねえ。みんなの作業を止めてしまって申し訳ねえ」
アルダは謝っていないで早く結び直して欲しいと思った。
他の職人もそう思ったようで、早くしろと口々に言われている。
「あ、そういうことか！」
そのとき気付いた。目の前の職人は自分と同じだ。
自分を責めることに意味がない、っていうのはこのことだったんだ。
自分を責めて反省することは、謝っている時間と同じように必要がないんだ。
悪ければ改善だけすればいい。
なんだ。そんな簡単なことに今まで気付かなかったのか。
職人が急いで結び直し、石はなんとか無事に切り出せた。

「テベスさん、言っていた意味が分かりました。これからは改善するだけにします」

テベスは口元で小さく笑顔をみせてうなずいた。

今のなし

改善するだけと決めたが、自分を責めることは癖になっていた。

間違いを発見したとき、間違いを指摘されたとき、上手くできなかったとき、やろうと思っていたのについ忘れたときなど、ちょっとした瞬間に自分を責めていた。

自分を責めるのはもうやめようと誓うのだが、やっぱり責めてしまう。

自分を責めたあとこう思うのだ。

「また自分を責めてしまったなあ。だめだなあ」

ふと気付いた。自分を責めたことでまた自分を責めている。これでは二重の自分責めだ。

この癖《くせ》は相当やっかいだ。

無意識にやってしまうことはどうも止められないようだ。

アルダはやり方を変えることにした。やめようとするのではなく、取り消すことにした。

自分を責めたら「今のなし」と言いながら顔の前で手を振る。

煙をぱたぱたとあおいで消すように、自分責めを取り消すのだ。

自分を責めていることに気付いたら、その度にぱたぱたとあおいで「今のなし」をつぶやいた。

取り消すと気分が楽になることが分かった。

アルダはその日、仕事をしながら自分責めを取り消していった。

間違いをして自分を責めたら、「今のなし」。

上手くできず自分を責めたら、「今のなし」。

迷惑をかけて自分を責めたら、「今のなし」。

やろうと思っていたのについ忘れてしまって自分を責めたら、「今のなし」。

自分を責めたことで自分を責めたら、「今のなし」。

心が軽くなる。

今まで、自分責めがそのまま心に積もって、それで心が重たくなっていたのだ。

「今のなし」で心を軽くすると改善が楽にできるようになった。

新たな文字

その日、仕事が終わっていつもより疲れが少ないことに気付いた。

自分を責めずに改善するというのは、技術を学ぶより大切なことかもしれない。

本当にこれからは自分を責めないでもいいのだ。責めてしまっても取り消せばいいのだ。そう思ったら、心が軽くなって、思わずスキップをして帰った。

家の扉を開けると、母が血相を変えて立っていた。

「大変よ！」

「何⁉　どうしたの、母さん」

「見て」

母親は家に帰ってきたアルダの袖を引っ張りながら、ほらほらとテーブルを指差した。巻物がテーブルの上に広げてある。

「何が？」

「巻物が昼間に光ったのよ。そうしたら見て」

「あ！」

巻物に新たな文字が現れていた。

アルダは巻物を丸めると、走ってハサンおじさんのところに持って行った。

「これは、【自分を責めずに改善する】と書いてあるな」

「すごい！　今日話していたそのままのことだよ」

ハサンおじさんに説明した。

今まで新しい方法を学ぶときや問題が起きたときに、自分を責めながら改善していたこと。

改善にとりくむほど自分が愚かだったことを思い知ることになるので、おっくうになっていたこと。

「自分を責めるか。私もついやってしまうことだなあ。自分を責めて反省してしまう。でも、結局よくなればいいわけだから、いちいち自分を責めなくていいんだな」

真面目なのでハサンおじさんもたくさん反省してそうだ。

「あとね。反省も同じだって気付いたんだ。誰かに注意されたときも、反省しなくていいんだ。『どうしたらいいだろう？』って考えてただやり方を変えればいいんだ。すごく心が軽くなったよ」

「いや、アルダ。それは危険かもしれないぞ」

ハサンおじさんは珍しく怖い顔をしている。

「え、どうして？」

「自分だけのことならそれでいい。でも相手がいる場合はそうはいかない。反省しなくてはいけないこともある。例えば迷惑をかけてしまって相手が怒っているようなときだ」

「そうか……そうだよね」

アルダは軽率な自分を責めた。反省しなくていいなんて、言ってはいけないことだった。

はっとした。また自分責めしていることに気付いた。

アルダはすぐに「今のなし」をやった。

「なんだい、それは？」

「これは自分を責めたときの心の重さを取り消すためにやっているんだ」

「ほう、それは面白い」ハサンおじさんもまねしてやってみている。「そうか。アルダは私の言葉で自分を責めたのか。きつく言ってしまって、すまなかった。申し訳ない」

「いいんだよ、おじさん。そんな謝らないでよ」

申し訳なさそうな顔をしているハサンおじさんを見て、アルダは今日の前でハサンおじさんが自分責めをしていることに気付いた。

「おじさん、今自分を責めてなかった？」

「ああ、申し訳ないと思ったよ」

「いいのに。そんなこと思わなくても。少なくとも、ぼくの前では反省しなくていいよ」

「そうか。すまないな。気をつかわせてしまって」

「おじさん、また自分を責めたでしょう」

「あ、本当だ。『今のなし』だ」

2人で笑った。

「そうか。アルダの言うとおり反省はいらない気がするな。少なくとも我々の間ではいらないな。でも他の人が相手のときが問題だな。そういうときはちゃんと謝ろう」

■第2の秘法を自分のものにするためのレッスン■

①自分を責めた場面を想像して、「今のなし」で取り消す練習をしましょう。

②問題が起きたら責めずに、「どうしたらいいんだろう?」と新しい行動を考えましょう。

責めてしまったら「今のなし」で取り消しをして心を軽くしましょう。

※本書の秘法についても、できてなかったことを責めずに、どうしたらできる?　と行動を考えましょう。

《このレッスンに取り組むと得られること》

- □ 行動力が高まる
- □ 改善が上手にできるようになる
- □ 成長が苦しいものでなくなる
- □ 成長が早くなる
- □ 自分嫌いを減らせる
- □ すぐには落ち込まないようになる

第3の秘法　仕事には意味がある

停滞

１日に何度も「今のなし」をやって取り消した。根気よく続けていると、だんだんと自分を責める回数が減ってきた。

自分を責めずに——責めてもそれを取り消して——改善していくと、辛くならない。辛くならないので、学ぼうという意欲も下がらず、アルダはめきめきと成長していった。

仲間に迷惑を掛けることもすくなくなり、数か月後には一人前の石切り職人だと見なされるようになっていた。

ところがある日のこと、仕事が終わって仲間たちと酒場に行ったときだ。

他の組で組頭をしている歯抜けのガスウが酒に酔ってこんなことを言った。

「オレたち石切り職人は本当につまらねえ仕事だ。安い給料で、重たい石を切り出して運んでるだけだ。毎日それの繰り返しだ」

アルダはこんな奴が自分の組頭でなくて良かったと思った。

「石切りの仕事は楽しいです。工夫次第で早く切り出せます」

「希望に燃える若造か。そんなに頑張ってもいいことはないぞ。早く切り出せるとどうなる？　もっと切り出せと言われるだけだ。早く帰れるわけじゃねぇ。違うか？」

アルダは言い返せなかった。ガスウが追い打ちをかける。

「得しているのは誰だと思う？　親方だ」

確かに自分がやっていることは重たい石を切り出して、運んでいるだけだ。効率のいい方法を学んだとしても、その分多く切り出すことになるだけ。どんなに技術を高めてもそれで給料が上がることはない。得するのは親方。

ガスウの言葉がなぜか何度も思い返されてしまう。

まとわりつき、振り払おうと思ってもいつの間にか見えないひものように全身にからまっている。

見たくなかった事実を見せられた気がした。

毎日同じことを繰り返すつまらない仕事。確かにそのとおりなのだ。考えれば考えるほど、体から力が抜けていく。

翌日から、金槌が前みたいに重たく感じるようになった。石も重い。すっかり仕事のやる気は失せていた。

こんなんじゃだめだと自分を責めてしまう。「今のなし」をやっても、やる気は戻らない。

アルダは救いを求めて巻物を広げてみる。3つ目はまだ出てきていない。次の秘法はいつになったら出てくるのだろう。

ダレた状態から抜け出すには？

待っていてもだめだ。アルダは巻物を持ってハサンおじさんの家を訪れた。

「ハサンおじさんは、自分の仕事をつまらないって感じたことはない？」

「つまらないと感じたことか。ないとは言えないな」

アルダはテーブルの上に巻物を広げた。

「自分を責めずに改善ができるようになって、あれからぼくは調子がよかったんだよ。おかげで一人前だって認められている。ところが、ガスウってやつが『毎日石を切り出して、運んでいるだけだ』とか『給料が変わるわけじゃない』って言うのを聞いて、そうだなって思ってしまったんだ。どんなに学んだところで、やっていることはそう変わらないって。給料もみんなと同じなんだ。そうしたらなんだか急にやる気がなくなってしまって。体もだるくなった。『今のなし』も効果がないんだ」

「そうか。そういう悩みの時期は誰にでもあるものだなあ」

「そうなの？」

「まあ、新人はみんなそうだ。最初はやる気になって頑張るが、しばらくすると仕事に慣れてきてダレてしまうんだ。中には最初からやる気がない者もいるがな。ダレた状態が続く者もいれば、そうでない者もいる」

アルダははっと思い出した。

「それがきっと次の秘法につながる〝謎〟なんだ」

「謎？」

「この巻物は悩みを解決すると文字が浮かび上がるようにできている。前の【自分を責めずに改善する】は、いつの間にか職人と話しているうちに解いたんだ」

ハサンおじさんは腕を組んでうなった。

「文字が浮かび上がるか。その瞬間を見てないのでどうも信じられない話だな。しかし、アルダが成長して問題に当たっているのは間違いない。どうやって解決したものかな」

「おじさんは、そのままダレた状態を続ける者もいれば、そうでない者もいるって言ったよね。おじさんは、ダレてしまった状態をどうやって抜け出たの？」

ハサンおじさんは口ひげを触りながらうーんとうなって、昔を思い出そうとした。

「私はダレたことがないかもしれないなあ」

「え、そうなんだ！　すごいね。でも、おじさんの仕事は役所の書記官だからなあ。ぼくみたいにつまらない仕事とはそもそも違うんだろう」

「こらこら、アルダ。どんな仕事もつまらないと思えばつまらないものさ。でも何かしら意味があるものだ」

「仕事に意味がある？」

そう言ったときだった。広げていた巻物から光があふれ出した。

アルダとハサンは驚いて立ち上がった。

光はぐるぐると回りだし、やがて無数の光の粒となって巻物の上で踊るようにしながら、形をつくっていく。

仕事の結果を知らない

光の粒子が集まって文字に変わっていくところを2人はみつめていた。ハサンの奥さんも子供たちも集まってきた。

「こらこら、触ってはだめだ」ハサンおじさんが手を伸ばして掴もうとする子供を止める。

巻物には新しく【仕事の意味を考える】という文字が浮かび上がっていた。

「ほら、おじさんが言ったことだよ。おじさんが謎を解いたんだ」

「信じられない。本当に浮かび上がるのか」

ハサンおじさんはどういう仕組みで浮かび上がってきたのかに興味があるようだった。

「そう言われたら仕事の意味は普段から考えているな。当たり前すぎて気付かなかったよ」

「ハサンおじさんの仕事の意味は？」

「そうだなあ。税や裁判や戸籍などさまざまな記録を残すことだなあ。アルダの仕事の意味は？」

「石を切り出して運ぶことなんだけど、どうも無意味に感じられて」

「それは〝意味〟とは違うだろう。たしかにお前は仕事でそういうことをしているが、それはなんのためなのか。その先にある目的があるはずだ。それが〝意味〟だ。アルダの言い方だと、私の仕事は『紙に文字を書くこと』になる。それは〝意味〟ではなく〝作業〟だね。なんのためにその作業をやっているのかというと、さまざまな記録を残すためなんだよ。それが〝意味〟だろう。文字を書くことだというと、すごく単調でつまらないことをやっているように思えるが、この国を運営するために記録を残すことだと思うと、大事なことをやっていると感じる」

「なるほど。そう言われるとまったく違う仕事に聞こえるね。でも、ぼくの仕事に石を切り出して運ぶ以上の意味なんてあるのかな」

「きっとあるさ。アルダはなんのために石を切り出しているんだい？」

「なんのため？　それはもちろん生活のためだよ。お父さんが事故で死んでしまって、ぼくが働くしかないし、母さんも昼は農場で手伝いをして働いているけど、稼ぎはあまりよくなくて……」

「待て待て」長くなりそうなアルダの話を止めた。「それを言うなら、私だって家族を養うために仕事をしている。そうじゃなくて——そう、アルダは自分が切り出した石が何に使われているのか知っているかい？」

「何に使われているんだろう。います。でも、船に積んで、湾岸都市に運んでいるのは知っています。その先には関わっていないから……」

「おいおい、自分の仕事の結果がどうみんなの役に立っているか知らずに働いていたのかい。驚いたな。一度自分の目で確かめたらいい」

仕事の意味を知る

テベスに聞いてみるとすぐに分かった。

「前は広場の石畳や役場の周りの壁なんかにも使われていたけどな。今は城壁に使われているはずだ」

城壁だと聞いて嬉しくなったが、まだぼんやりとしかイメージができない。

やはり、はっきり何に使われているのかを見る必要がある。考えてみれば、石切りの専門家としては実際に見ることも大切だと思った。

アルダはその日から、自分が切り出した石のすべてにこっそり小さな★印をつけた。

しばらくして、工事の途中の城壁に行って自分がつけた印を探し歩いた。

そして、ついに見つけた。★がついた石が城壁の一部になっていた。

その石に愛しさを感じた。

触れてみる。ひんやりしていて気持ちがいい。

「お前はこうして役に立っているんだね。城壁となって、これからみんなを守っておくれ」

なでながら語りかけていると、自分は役に立っているんだという嬉しい気持ちが胸に広がってきた。

ぼくの仕事はただ石を切り出す作業ではなかった。

これを造るために砂ぼこりにまみれて、働いていたんだ。

毎日の頑張りが報われた気がした。悩んでいたことも無駄じゃなかった。涙が出そうだ。

「あんた、大丈夫かい。そこで友達でも死んだのかい」

振り返ると心配顔の知らないおじさんがいた。片手には釣りざお、もう片手には釣った魚を持っている。

「いや、自分が切り出した石を見つけたもので、嬉しくて」

「おお、そうか。兄ちゃんがこれを切り出している人だったか」おじさんは城壁に近づきペシペシと叩いた。「湾岸都市といったらこの城壁がシンボルだからな。大したもんだ。兄ちゃん、この魚は俺からの礼だ」

アルダはありがたく受け取った。

家に帰る道を歩きながら思った。お金だけでなく、自分の仕事の意味を知ることはやる気につながる報酬なのだ。見て、触れて、使っている人と話せたら、それは大きな喜びをもたらしてくれる。

「ぼくは町の人たちを守る城壁を造っている」

声に出してみると誇らしい気持ちになった。

母親の仕事の意味

「母さん、新しい秘法が出たんだよ」

家に帰ってハサンおじさんと発見したことを教えた。

〝母親〟が専門家だという母さんにも意味を聞いてみることにした。

「母親の仕事の意味？　そんなの決まっているじゃないの。国を造っているのよ」

あまりに予想外の答えにアルダは面食らった。

「どういうこと？」

「子供を大人に育てたら、その子は働いてみんなの役に立つようになるでしょう。国というのは政府でもないし、役人でもなくって、そこらじゅうの人の集まり。だから、子供を産んで立派な大人に育てるということは、立派な国を造っていることと同じなの」

アルダは感動してしまった。だから母さんは毎日同じ家事をしているのに、いつも楽しそうにしていられるのだ。母親を誇らしく思った。

任せられる、自信

自分は城壁を造っているのだと思って仕事をすると、金槌が軽くなった。ずいぶん重さの変わる金槌だと苦笑いした。

意味あることをしていると思って仕事をするのと、ただ作業をしていると思って仕事をするのとでは、こんなにも違うものなのかと驚いた。

数週間後のある日、新しい石を切り出すときにテベスがアルダに声をかけた。

「アルダ、決めてみろ」あごで石を指した。

「ぼくがですか？　はい、分かりました」

舞い上がる気持ちを落ち着かせ、石を観察する。

ここだという楔を打ち込むポイントがみつかった。

「ここの筋目がいいと思う」

テベスもうなずいた。

楔をみんなで1列に打ち込むと、きれいに亀裂が入って割れた。

「一人前になったな」職人たちに褒められた。テベスは黙っていたが、アルダは信頼されたと感じて嬉しかった。

その後も時々テベスはアルダに決めさせることが多くなった。そこはだめだと訂正されることもあったが、それもいい勉強だった。

昇進と部下の教育

アルダは親方に呼び出された。

木の柱を建てて、板で屋根をふき、壁を布でおおった簡単な小屋だ。

中に入ると親方の前にザキが立っていた。アルダもザキの横に並んだ。

一体何の用件だろう。

「石切り場に若い見習いたちが入ってきた。お前たちは今日から組頭に昇進だ。部下を付けるから教えてやれ」

ザキは冷静に「はい」と返事をしたが、アルダは信じられなかった。

「え、ぼくが、ですか⁉」

「そうだ、くれぐれもけがのないようにな」

「はい！」

やった。親方に認められた。こんなに嬉しいことがあるだろうか。

親方は見習いたちを呼びに行った。

2人きりになるとザキは横で喜ぶアルダを見て舌打ちした。

「お前も組頭なんて。下に付く部下はかわいそうだな」

のどがきゅっと締まり、何も言い返せない。自信のなかった弱気で卑屈な自分に戻った気がした。

親方が戻り、部下を紹介した。

アルダの部下はカヤル、ナッコー、リカンというまだ子供のような３人だ。彼らの前ではしっかりしないといけない。

持ち場に戻り、アルダは自分が巻物で学んだことを３人にも教えることにした。

「きみたちは見習いだけど、自分は石切りの専門家だという気持ちを持つんだ」

３人は嬉しそうにはいと返事をした。なんて素直な子たちだろう。

「いいかい。ぼくらの仕事はただ毎日石を切ったり、運んだりすることではない」

３人の顔に疑問が浮かぶ。その反応はアルダの狙いどおりだ。

「カヤル、なんだと思う？」

カヤルは鼻と唇の距離が短く上唇が少しつんと前に出ているので、口を尖《とが》らせているようにみえる。

「なんでしょうか。分かりません」

「もう少し自分で考えろよな。じゃあ、ナッコー」

ナッコーは背が高く体格がいい。しかし表情が乏しい。すぐに言葉が出ない性質のようで、何か聞いても黙ってしまう。このアルダの問いかけにも地面の一点を見て固まってしまった。

「いいかい、ぼくらの仕事はただの石切りではない。人々を守る城壁を造る仕事なんだ」

おおと驚きの声でも上がるのかと思ったが、3人は軽くうなずいただけだ。

それを実感させるために、切り出した石に印をつけた。

数日後、みんなで城壁に使われているかを見に行った。自分たちが切り出した石が城壁の一部になっているのを間近で見た3人は、顔を輝かせた。

アルダは技術もどんどん教えた。

習得の早さに差はあったものの、みんな意欲が高く、同時期に入った見習いたちよりも早く成長していった。アルダは誇りに思った。

アルダは前から試したい方法があった。もっと効率がよい切り出し方だ。

前にテベスに提案したが、やり方を変えたくないらしく良い顔をされなかった。組頭になった今ならそれを自由に試せる。

やってみると効果があった。その方法だと、３つの石を切り出す時間で４つ切り出せる。

アルダは楽しく組頭として仕事をこなしていった。

休憩のときにカヤルが言った。

「石切りの仕事がこんなに楽しいなんて想像もしなかった」

ナッコーとリカンもうなずいた。

「うん。アルダに教えてもらってよかったです」

「この組に入れて良かった。楽しいです」

アルダは嬉しくて、泣きそうになった。こんなふうに自分が上に立って指導したこともなかったし、部下から感謝されるなんて人生で初めてだ。

頑張るとちゃんと報われるんだ。自分が頑張った分、他人に近道を教えられる。そして、感謝される。

部下を持つって、なんて楽しいことなんだ。
アルダは喜びに浸っていた。
しかし、それはつかの間の喜びだった。

■第3の秘法を自分のものにするためのレッスン■

①あなたの仕事はなんでしょうか。〝作業〟として説明してみましょう。

②あなたの仕事を〝意味〟として説明してみましょう。

ヒント：作業の結果やその結果を受け取った人にどんな効果をもたらすかを考える

(例)犬飼ターボの場合

①作業：パソコンのキーボードを打って文字を入力すること。

②意味：幸せに成功する考え方を読みやすい物語にして、感動と共に届けること。

《このレッスンに取り組むと得られること》

□ つまらないと感じていた仕事にやりがいを感じるようになる
□ 意味を知ることでより価値を高めることができる
□ 無駄な力を入れなくてよくなる

第4の秘法　期待を超えることで信頼が生まれる

プレゼント

「ラナー、おはよう。今日の髪飾り、素敵だね」

「あら、ありがとう」ラナーは頬を赤らめて微笑んだ。そして、いつにも増して肉を多く入れてくれた。

仕事で自信がついてくると、ラナーにも話し掛けられるようになっていた。ラナーを喜ばせるためにプレゼントをしたいと思った。

今日は仕事が休みだ。アルダは鍛治屋で母親に頼まれていた鍋の修理をしてもらった後、市場を見て回っていた。

北の大渓谷から来た商人たちが宝飾品を並べている。その中に赤いガーネットの耳飾りをみつけた。小柄な売り子のお婆さんが声をかけてきた。

「去年はガーネットがたくさん掘り出されてね。それはとても安くなってお買い得。若い子にプレゼントするならぴったりだよ」

ラナーにきっと似合うだろう。

翌朝、アルダは思い切ってパンとスープを買うときに、ラナーを誘った。

「ラナー、君にプレゼントしたいものがあって……。今日の夕方、港の南の塔に来てくれないかな」

ラナーは突然の誘いに戸惑いを見せたが、小さくうなずき、「分かった。南の塔ね」とアルダにだけ聞こえるように答えた。

このぼくがラナーを誘うなんて。ああなんてすごいんだ。

アルダは体験したことのない達成感に包まれていた。

スキップして仕事に向かった。

その日の仕事が終わり、いつもより念入りに川で水浴びをしたアルダは、湾岸都市に向かって歩いていた。カバンの中には耳飾りがちゃんとあることも確かめた。頭の中では何度も話す言葉を練習していた。

城門にさしかかったときだった。

ちらっと目に入った光景に、体が硬直した。

門のところでザキを含めて4人が立っている。

目を合わせずに素通りしよう。

4人はアルダを見つけた。

「おい、待て」

聞こえなかったふりをして通り過ぎようとしたが、ザキに肩を乱暴に掴まれた。

「待てって言っているだろう」

「あ、ザキじゃないか。ど、どうしたんだい。何か用?」

「白々しい。お前、これから誰と会うんだ?」

「え、そんな。誰とでもないよ」

「ちょっとこっちに来い」

人目につかない城壁の陰に連れて行かれた。両側から子分にがっしりと腕を押さえられて逃げ出せそうにない。

緊張でアルダの息が浅く速くなる。

「それをよこせ」

ザキはアルダからカバンを奪い取ると子分に渡した。

「誰とも会わないんなら、カバンの中にも特別なものはないよな？」

「やめてくれ」

カバンを逆さまにすると、中身が全部砂の上にばらばらと落ちた。

ザキはその中からガーネットの赤い耳飾りをつまみ上げた。

「これは何だ？」

「何だっていいだろう」

「生意気な野郎だ」

ザキは２つの耳飾りを荒れ地に向かって投げてしまった。

「何するんだよ」

顔をアルダにうんと近づけて低い声で言った。

「最近いい気になっているな。お前も同じ組頭だなんて思うとむかつくんだよ。

いいか、妹には近寄るなよ」

アルダは胸を突き飛ばされ、砂地に仰向けに倒れ込む。舞い上がった砂が顔にかかった。

ザキたちの姿が見えなくなってから、急いでザキが投げた方向に走った。

たしかこの辺りだ。日が落ちる前に耳飾りを見つけなくては。

這《は》いつくばって探した。

もうラナーは塔の下で待っているだろう。急がないと。

小石だらけの砂地では小さな耳飾りを見つけるのは簡単ではない。

日がどんどん傾き、空に浮かぶ雲がオレンジ色に輝きはじめた。

暗くなったら見つけられなくなってしまう。

「あった！」

薄暗闇の中でやっと見つけた。

日はすっかり暮れてしまっていた。空には星がまたたきはじめていた。

アルダは2つの耳飾りをしっかり握って走った。

ラナーは待ってくれているだろうか——。

約束した塔だ。

ラナーの姿はなかった。

アルダは肩を落とした。

今からでも説明しにラナーの家に行こうか。いや、ザキがいる。

耳飾りを見つめた。渡せないことが悔しい。

ラナーに申し訳ない。

なにより、ザキを恐れている自分がふがいない。

自信喪失

翌朝、こうなったらパンを買うときにそっと渡そうと決意した。

ポケットの中の耳飾りを触って確認した。

〝サルマのスープ〟に行くのは気が重かった。ラナーと顔を合わせづらい。

物陰から店の様子をうかがった。ラナーがいつもの様子で客の対応をしていた。

隠れていてもはじまらない。アルダは勇気を出して列に並んだ。

アルダの順番になった。ラナーはアルダを見てはっとした。

「やあ、ラナー……昨日は、ごめん」

「ううん」とラナーは首を横に振った。「昨日は何かあったの？　私、日暮れまで待っても来なかったから、帰ってしまったの。ごめんなさい」

「そんな、謝らないでくれ。遅れたぼくが悪いんだ。ちょっとした事故があって、どうしてもいけなかったんだ。本当にごめん。それで……」

「よう、アルダ」

声のしたほうに視線を向けると、ザキが柱にもたれて立っていた。

アルダの全身が凍り付いた。

「やあ……ザキ。おはよう」

またのどが締まって言葉が出なくなる。

ラナーはアルダが何か言うのを待っている。何か言わないと。

「それで、渡したかったものは、実は昨日の事故のときになくしてしまったんだ……。ごめん、また手に入ったら渡すよ」

アルダはポケットの中の耳飾りを握りしめた。

なんて意気地なしなんだ。

ザキを恐れてラナーに本当のことを話す勇気もなければ、渡す勇気もない。

胸が重苦しい。

涙が出て来た。苦い味がした。

せっかく手に入れた自信が崩れそうだ。

アルダは自分をひどく責めていることに気付き、慌てて「今のなし」をやった。

重たい自分責めの霧を払うと、少しは心が軽くなった。

でも自分には仕事がある。仕事でみんなから評価されているじゃないか。

技術だって、その辺の職人より高くなっている。

仕事のプライドがアルダの心の支えとなっていた。

評価されない悩み

事件から数日が経ち、やっと気持ちが落ち着きはじめてきた日のこと。

部下のカヤルが上唇を尖らせて聞いてきた。

「アルダ、ぼくらのチームは勝手なことをしているって言われているらしいんですけど。気にしなくていいですよね」

「そんなことを言う奴は誰だ」

「他のチームに入った友達です。そいつの組頭がそう言っていたって」

きっとザキに違いない。

「ぼくらは新しい方法を取り入れている。それをよく思わない連中がいるんだよ。気にするな」

頭は怒りで熱くなっているのに、指先はなぜか冷たくなっていた。

また別の日に、今度は一番背の小さいリカンが言った。

「この前、お前たちのやり方は危ないって言われました」

アルダはとても頭に来た。またザキに違いない。

「何も問題は起きていないよ。一体どこが危ないか言ってみろよ」

「いや、それは……」リカンの声が小さくなる。

「だいたいそんなこと誰に言われたんだ？　ザキじゃないのか」

「ザキではないです。全然違う先輩の職人です」

意外な答えだった。胸騒ぎがした。足がすくむ。

自分は間違ったことをしているだめな奴なのだろうか。

不安と罪の意識で胸が苦しくなり、自分責めをしていたことに気付いた。

「今のなし」をやる。少し冷静になれた。

すると、自分は普通の職人より技術が高いことを思い出した。そのへんの下手な組頭が率いている組よりきれいに石を切り出す自信がある。

なぜ批判されなくてはいけないんだ。自分は正しいことをしている。どこも間違っていない。批判するのは頭が固くて古い連中だ。

不安と罪悪感は、激しいやる気に変わっていった。

アルダは自分を悪く言う連中を見返してやるために、猛烈に働いた。

底なしのエネルギーが湧いてくるのだった。

それから数日後、アルダは親方に呼ばれた。

間近で見ると、親方は大きくて威圧感があった。つるつるの頭が金槌に見えた。

「お前の最近のやり方を耳にすることが多くてな」

緊張でアルダの全身が硬直する。

「はい」

「危険なやり方だと言う者がいるが、お前に直接聞こうと思ってな。どんなやり方をしているんだ」

アルダは心の中で「やった」と叫んだ。

自分が考え出した新しいやり方を直接親方に説明できるまたとないチャンス

だ。

親方に意気揚々と説明した。

「それをもうやっているのか？」

「はい、そうです」

胸を張って答えた。

「なんで先に俺に了承を得なかった？」

「え……、すみません。親方の了承が必要だとは思わず……」

「勝手な真似をするな！」

低い響く声で一喝《いっかつ》された。

アルダの体がびくっと縮こまる。

「いいか、ここは俺が仕切っているんだ。俺が決めたこと以外のことをやるな」

「え、それは……どうやればいいんでしょう？」

「普通にやれ！」

「普通ですか。で、でもぼくの方法は効率がいい……」

言い終わる前に、目の前で火花が散った。天井が見えた。
頭の中でぐわんぐわんと音が鳴っている。
親方がこちらを指差し、顔を真っ赤にして絶対に許さないと言っている。
上体を起こすと乾いた地面にぼたぼたと鼻血が垂れた。
「すみません、気を付けます」
顔の左半分が痺れて自分のものではないようだ。
次第に痛みが広がる。
それと共に、今までの仕事の自信も崩れていく音が聞こえた。
うちひしがれて、目の前が真っ暗になった気分だ。
こんな理不尽なことってあるんだろうか。
すべてが否定された気分だ。
さすがに部下の3人には格好悪いところを見せたくない。
き然と振る舞おうとした。
「今までのやり方はやめる」

はれ上がったアルダの顔を見たらその理由は聞けない。３人は黙って従った。アルダのショックは計り知れず、親方に言われたこと、殴られたことを思いだしてしまう。

最悪な気分で１日を過ごした。

また自分責めをしてしまいそうだ。

巻物に書いてあることはインチキだ。気分だけよくして、その気にさせて、最後はこんなことになるなんて。

どんなに自分で考えて頑張って改善しても、普通にやれと言われ、殴られる。

こんなひどい話があるだろうか。あの、ハゲ悪魔め。

今まで楽しかった世界が、実は暗い闇に覆われていたことを知ってしまった。

ぼくはそれに気付かずに、舞い上がってはしゃいでいただけなんだ。

これが現実だ。努力は報われないどころか、つぶされる。

みんなが自分を笑っている気がした。陰でいい気味だと言っているに違いない。

ハサンおじさんに話を聞いてもらいたい。唯一の味方はおじさんだけだ。

喜びと悩みは表裏一体

「そうかそうか」

おじさんに話を聞いてもらっていると涙が出てきた。

奥さんがいれてくれた発酵茶〝チコ〟を飲むと落ち着いた。

アルダはテーブルに広げた巻物を見つめていた。

「ぼくはこの巻物のせいで、間違った方向に進んでしまったと思う」

「そうかな。私は巻物に書いていることは間違ってはいないと思うぞ。【専門家としての意識を持つ】もそうだし、【自分を責めずに改善する】、【仕事の意味を知る】ということはとても大切だと思う。恐らく、間違っているのではなくて、何か解くべき謎があるんじゃないか」

「解くべき謎か……。そういえば、前もこんな感じだったね。すごく悩んで、行き詰まったときに、ハサンおじさんが言ってくれた言葉で謎が解けたんだ。そうしたら、その後、いいことがたくさん起きた。商人も〝喜びと悩みは表裏一体〟だと言っていたし」

「人生とはたしかにそういうものかもしれないなあ」

ひげを触りながら解くべき謎について考えてくれた。

「アルダ自身が、何か的外れなことをやって親方を怒らせてしまった、という可能性はないかな？」

アルダはムッとした。

「ぼくは、巻物に書いてあるとおりにした。専門家だと思って学ぶようになったし、城壁を造っているんだっていう意識で働いた。自分なりに考えて改善したんだ。それで親方が怒るなんて、ぼくにはどうしようもないよ。親方のために働いているとは思いたくない。あんなハゲ悪魔！」

しまったと思った。ハサンおじさんもはげていることを忘れていた。

「今、重要なことを言ったぞ」

「ごご、ごめんなさい……」

「親方のために働いているわけではない、と」

「ああ、そっちか。ぼくは自分のためでもあるけど、ぼくの部下や町のみんなのために働いているんだ」

ハサンおじさんはうなった。

「それは違う気がするなあ」

「え、なにが？」

「だって、親方が雇ってくれているんだろう？　そうしたら、親方の期待を無視することはできないと思うが」

殴られた場面が瞬間的に浮かび、体が硬直した。

「嫌だ。あんな人のために働くなんて。僕はそのために学んで頑張っているんじゃない。城壁はみんなのためのものなんだ。親方のためのものじゃない」

アルダの顔はこわばっていた。

「まあまあ、落ち着きなさい。何も親方の奴隷《どれい》になって働けって言っているわけじゃない。でも、給料を払ってくれるのは親方だろう？　だから親方の期待は無視できないって言っているだけだ。親方が人を雇うのは、給料を払う代わりに労働という価値を提供してもらいたい、という期待があるからだろう。アルダはそんな親方の期待に見合った働き方を提供してこそ、お給料をもらえるのだと思うよ」

「でもぼくは親方の期待に応えられないと思う。いや、応えたくないんだ」

「それは、親方が〝期待〟していることを知ってから考えることだよ」

「知っているさ。普通に働くことだ。ちゃんと聞いた。でも殴られた。親方は何でも自分の思いどおりにしたいんだ。気に入らなければ、感情をぶつけて力ずくで従わせるんだ」

「そうかそうか。問題の核心が分かったよ」

「え、なに？」

「親方の言う『普通に働く』がどういうことかは知っているかい？」

「ええと、それは、たぶん、何も変えるな、今までどおりにやれってことだと

「たしかにアルダは聞いた。でも聞き方にも工夫が必要だと思うんだ。だから

「でも、ぼくはちゃんと聞いたんだよ」

「おかしいな」頭をなでた。

「おじさん、文字は出てこないみたいだよ」

やはり変化はない。

「期待を聞き出す！」ハサンおじさんは大きな声を出した。

何も起こらない。

「期待を聞き出す」

ハサンおじさんは得意げな表情をしてから巻物に向かった。

「なるほど。巻物の次の秘法が分かったぞ。言うぞ」

「言ってはいないけど、でもそういうことだと思う。どうせ聞いても『自分で考えろ』とか言われるに決まっている」

「そう言っていた？」

思う」

〝聞く〟ではなくて、〝聞き出す〟だと思ったんだが」

「僕がそれをやらなくちゃならないの？　親方のほうに説明する責任があると思うけど」

「もちろん親方が説明できれば一番いい。でも自分が期待していることを説明できない人のほうがずっと多いものさ。私の上司だって説明することが苦手な人だ」

「そんなもんなのかな」

「説明できない人を責めていても仕方ない。そういうときは、こちらがいろいろ質問を変えて聞き出す必要があるんだな」

アルダは感心してしまった。

「おじさん、すごいね。その人の部下なのに上司みたいだ。おじさんがどんどん出世したのが今分かったよ」

「でも、巻物の答えは〝聞き出す〟ではないんだよな。困った」

「聞き出すだけじゃ足りないのかな？」

ハサンおじさんは指を鳴らした。

「アルダ、きっとそれだ。いくぞ。期待を満たす！」

ハサンおじさんは大きな声を出したがやはりだめだった。

「声の大きさは関係ないんだよ」

「これは難しいぞ。〝満たす〟でも違うのか。まさに無口な上司に聞き出そうとしているようだ」

「本当だね」

2人で笑った。

「ハサンおじさんは、きっと無意識にそれをしているんだよ。その人の期待していることを聞き出して、満たすときに何に気を付けているの？」

「そりゃ、期待以上のことをするようにしているな。期待したことをそのままやっても、当たり前の評価をされる。その期待を上回る成果を出したときに、相手は『こいつはやるな』とか『すごい』と思われるんだ」

その瞬間に、巻物が光りだした。

「やった！」アルダが声を上げた。

光は踊り、回転し、やがて巻物に文字が浮かんできた。

そこには【期待を超える】と書かれていた。

「そういうことだったか」

「ハサンおじさんはすごいよ。ここに書かれていることをすでにやっている人なんだね。でもぼくは嫌なことに気付いてしまったなあ。親方に聞くことはしたけど〝聞き出す〟はしていなかったし、期待以上じゃなくて〝期待外れ〟のことを一生懸命していたんだ」

「まあまあ、そんなに肩を落とすな。ほら、『今のなし』をしたらいいさ。アルダがやりたいことは、結局みんなのために城壁を造ることだろう。だったら、まずは聞き出して、その期待を超えるにはどうしたらいいかを考えたらいいのさ」

意外な真相

アルダは自分責めをやめて、とにかく改善をすることにした。

まずは聞き出すことからだ。しかし、いざ親方のところに聞きに行こうとすると、怖くなる。

こんなところも、あんなところもできていない、と言われてしまうのではないか。お前は使えない奴だと言われるのではないか。そんな妄想が膨らんで足が震えるほど怖かった。

チャンスはそれから数日後に向こうからやって来た。

親方から呼び出しがかかった。仕事が終わったら湾岸都市の〝ナスリの黒ひげ〟に来いということだった。

一体何を言われるのだろう。それに酒場に呼ばれるなんてはじめてだ。

組頭から外されたらどうしよう。辞めろと言われたらどうしよう。妄想が止まらなくなり、その日はほとんど仕事が手につかなかった。

仕事が終わって言われた酒場の前に来た。

〝ナスリの黒ひげ〟は、ヴァレントから来た主人が切り盛りしている。美味しい料理を皿から溢れるほど大盛りにして持ってくると評判のお店だった。上等な酒を置いている代わりに値段も高いので石切り職人たちはあまり来ない。

深呼吸をしてから、四角や丸の模様が彫刻された重い扉を開けて中に入る。いつもの安酒場とは違う。椅子やテーブルも高級そうで、自分は場違いだと思った。

親方は壁際の席に１人で座っていた。酒場の主人と楽しげに話している。機嫌が良さそうだ。

「あのう……親方、お呼びでしょうか」

「待っていたぞ。そんなに縮こまっていないでこっちに座れ」

親方と一緒に座るとまるで自分が木の枝のようだと思った。

アルダはアラックを注文した。白ブドウを発酵させ、蒸留し、アニスという香辛料で味付けをした乳白色のお酒だ。

「よし、乾杯だ」

口に含んで咳《せ》き込んだ。口の中で火が回ったようだった。

親方が低い声を響かせて笑った。

「お前にはまだ早いな。無理するな」そういって、ずっと飲みやすいものを注文してくれた。

親方ってこんなに優しくてよく笑う人だったのか。

「どうだ、仲間とは上手くやっているか」

「ええ。なんとか」

「そうか」親方は静かにうなずいた。

親方が注文した上等なクルーの串焼きが並べられていった。アルダも1本はおばった。美味しいと評判のクルーの肉も、緊張でよく味が分からない。

親方が唐突に聞いた。

「俺はお前に厳しいか？」

アルダはむせそうになり、かぶりついていた串を皿に置いて指についた汁を舐めた。

「いいえ……はい、時々そう感じることがあります」

「そうか、厳しいか」

親方はアラックをぐっと流し込んだ。

「俺は約束したんだ」

「はい」

親方は黙ってしまった。残りのアラックを飲み干して、もう1杯注文した。深くため息をついてから静かに語り出した。

「ラシードは俺が死なせたようなものだ。素晴らしい右腕だったのにな」

ラシードはアルダの父親だ。数年前、石切り場で落石があった。何人かが埋もれてしまった。

「俺は仲間を助け出すように指示したんだ。ラシードは避難が先だと反対したが、俺は押し切った」

そして第2の落石があった。それほど大きな規模ではなかったが、助けに入っていた数人が巻き込まれた。ラシードも崩れてきた石の下敷きになって姿が見えない。

石をどけると、やっとすき間から手が見えた。ラシードのものだった。まだ動いている。

急いで石を取り除いていった。その間、親方はラシードの手を握って、大声で励ました。

どうしても動かせない大きな石が重なっていた。刻々と時間が過ぎていく。その手に力がなくなっていき、遂には息絶えた。

「すまなかった。あのときラシードの言うとおりにしていれば、被害は最小限に済んだんだ」

親方は杯をラシードの手のように握りしめていた。

「俺はあのときラシードと約束したんだ。お前を一人前の石切り職人にする。

それが俺にとって、お前のお父さんとの約束を果すことなんだ」

アルダが初めて聞く事故の詳細だった。

不思議と悲しくはならなかった。親方を責める気持ちもまったくなかった。

石切りの現場ではよくあることだ。

気持ちを整えてから質問を口にした。

「親方はぼくに何を期待しているんですか」

「お前に期待していることか。一人前の職人になってくれればそれでいい」

「一人前の職人ってどんな職人なんですか？」

「普通だ。普通の職人だ」

そう、親方は説明下手な寡黙《かもく》な職人。アルダは聞き出すぞと心に決めた。

どう聞いたらいいだろう。そうだ反対から聞いてみよう。

「普通の一人前の職人になるために、絶対に外してはいけない条件はありますか」

「そうだな。みんなと協力して和を乱さないこと。事故が起きないことが一番大切だ。それを守りながら1日の目標を達成する」

「ということは、和を乱さないことが一番なんですね」

「いや、一番は安全だ。事故を起こさないこと。これが絶対だ。事故は和が乱れたときに起きる。職人の息が合わないとけが人が出たりするだろう」

「分かりました。安全ですね。事故を起こさないために和を大切にするんですね」

「そういうことだ。事故だけは起こすな」

親方の考え方がだんだんと分かってきた。これほど安全を大切に考えていたとは気が付かなかった。

「そうだ。ザキのやり方を一度見てみろ。参考になると思うぞ」

「ザキ……ですか？」

和を大切にするようなタイプには到底見えない。でも親方が一目置くということはそれ相応の理由があるに違いない。しゃくだが、今は敵から学ぶことも大切だ。

「分かりました。今度やり方を見てみます」

どうしても確認しておきたいことがあった。

「あと1ついいですか。ぼくは工夫することが好きなんです。前に親方に怒られました。あれは効率の良い方法だけど、安全でなかったからなんですよね。ならば、効率が良くて安全な方法は試してもいいんですか？」

「だめだ」

拒否されたアルダの心が冷ややかに固まった。が、次の言葉で理解できた。

「試す前に俺に了承を取れ。そうしたらいい」

「はい！　もし、ぼくが親方からちゃんと了承を取った上で試して、今より効率が良くて安全な方法が見つかったら、それは親方の期待を超えることになりますか？」

「ああ。期待以上だな」

右腕になる決意

アルダは満足していた。親方と別れて、家までほろ酔いで歩いていく。

上手に聞き出せた。質問を変えるだけでちゃんと相手は話してくれるんだ。

親方が期待していることは、とても単純なことだった。大切にしていたことは〝安全〟だったのだ。

そして、親方は事故のことを話してくれた。親方はお父さんとの約束を守ろうとしているんだ。

すると、不思議なことに今まで怒られたことが、ありがたく思えるようになった。

「目を付けられていたのではなく、目を掛けてもらっていたのか」

言葉にすると嬉しさが増した。

親方が望んでいる一人前の石切り職人の上をいく存在になろう。

ぼくは石切りの専門家として、城壁を造っている。そして、安全を大切にしながら、今より効率が良くて安全な方法を見つけていくんだ。親方の期待を超えてみせるぞ。

胸が躍《おど》った。

親方は言葉足らずだし、矛盾していることもある。気分屋だし、怒鳴るし、殴るし、頭の固いハゲ悪魔だと思っていた。

しかし今日、親方にはものすごく温かくて熱い心があることを見つけてしまった。

アルダの心に、今までは思いもしなかった考えが浮かんだ。

親方の右腕になりたい。

まだ親方には言えないけど、いつか右腕だと言ってもらえるくらいになりたい。

きっと素晴らしい気分だろう。

そうだ。右腕になることを目指そう。お父さんのように。

その前に団長にならなくては。

満月がまぶしいほど1人の若者と湾岸都市を明るく照らしていた。

ザキの実力

次の日、早速ザキの組の仕事ぶりを見てみることにした。

ザキの部下たちの連携がとてもいいのに驚いた。ごく基本的なやり方だが、それぞれが大切なポイントを押さえて、ザキに指示されなくても作業をしている。アルダの組だったら慌ててしまうようなトラブルでも、みんな落ち着いて作業している。

部下に大切なルールを徹底させることに長《た》けている。それが親方がザキを評価する理由だったのだ。

悔しいがザキのリーダーの実力は認めざるを得ない。

アルダは、自分が技術や効率ばかりに目を向けていたことを恥じた。

その後、親方を訪れ、昨日の礼を伝えてから切り出した。

「さっそく親方の了承を得たいと思いまして」

アルダが試したい工法を説明した。

親方は椅子に座って腕を組み、目を閉じて難しい顔をして聞いていた。

その様子を見ていたら、アルダは不安になってしどろもどろになってしまった。

「それじゃあだめだな」

「そうですか」

親方に否定されて、アルダの心は小さく縮んでしまった。しかし、親方は言葉を続けた。

「縄で固定する場所を変えて、締め方も変えろ」

親方は立ち上がって縄で実演して見せた。なるほど、合理的だ。

「ありがとうございます。その方法でやってみます」

アルダは今まで親方が大切にしてほしいことを無視して、自分勝手に進めていたことを思い知った。思い返せば、親方が怒るのは、危険な作業の仕方をしたときだった。報告も相談もせずに勝手に進める自分は、親方を不安にさせる存在だったに違いない。

こうやって親方の期待を知り、了承を得ながら進めていけば、前のような残念なことにはならないのだ。

アルダはそれからも危険な部分、効率が悪い部分を見つけては、解決する方法を考えた。そして、親方に了承を得て試し、少しずつやり方を改善していった。

石切り場の全体としては劇的に良くなったわけではないが、着実にけがをする人が減り、切り出す量が多くなっていった。

信頼と権限という報酬

何度か了承をもらいに行っていると、親方が許可をするときとしないときの違いが分かってきた。

ある日、いつものように親方に新しい方法の了承を取り、持ち場に戻ろうとしたときだった。

「アルダ。もう、これからはいちいち了承を取らなくていい。事後に報告だけしろ」

「なぜですか？」

「お前は俺が何を求めているか、分かっているようだからな」

信頼された。体が熱くなった。

今までより広い権限を手に入れたのだ。

そして、この〝信頼〟と〝権限〟も仕事の報酬なのだと気付いた。信頼を得ると、自由にできる範囲が広がる。すると、やりがいを感じる。

将来、もっと大きな信頼と権限を手に入れるためには、親方の期待を聞き出して、それを超えていけばいいのだ。考えてみれば当たり前の話だ。

やりがいを感じたアルダは、さらに意欲的に働くようになっていた。

気が付くと、何かと職人仲間から質問されることが増えた。

何か分からないことがあると、アルダに聞いてみろと言われるそうだ。

アルダは親方だけでなく、仲間からも信頼を得て、一目置かれる存在になっていた。

夕暮れの２人

夕暮れ。太陽に熱せられた大地に、涼しいそよ風が吹いている。

港の一角で、アルダはラナーを待っていた。

自分のことを認められるようになり、みんなにも認められ、自信が持てるようになった。今ならラナーにプレゼントを渡せる。そう思って、今朝うまくザキに知られずに呼び出すことができたのだった。

ラナーが歩いてきた。

アルダは手を振って知らせる。ラナーが気付いて駆け寄ってきた。

ラナーはゆったりした夕着に、流行りの薄い赤の腰ひもを締めていた。サンダルの緒には花の革細工をあしらっている。

いつも見る給仕用のエプロンとは違う華やかな姿に、アルダはどきどきした。

「きみに似合うと思って買っておいたんだ。ずっと渡したかったんだ」

ガーネットの耳飾りを見たラナーは顔を輝かせた。

「ありがとう。すごくきれい」

ラナーは自分の耳飾りとつけ替えた。

「思ったとおりだ。とても似合っている」

まるで腰ひもと合わせたようだ。

それから2人は、お互いが闇で見えなくなるまでおしゃべりをした。

「これからも会ってくれるかな」

「うん。もちろん」

仕事が終わると灯台で会うようになった。

お互いの家族のこと、石切りのこと、サルマのスープのこと、友達のこと、そして自分自身のことを話し、仲を深めていった。

ラナーが幼いときに父親をなくしたので、サルマのスープが軌道に乗るまで、兄のザキが子供のころから働いて一家の稼ぎ頭だったこと。父親代わりだったことをはじめて知った。

「ザキはぼくのことを何か言っていない？」

「ええ……」

ラナーは言葉を詰まらせた。

「ああ、いいんだ。良く言ってないことはわかってるから」

ラナーは申し訳なさそうにうなずいた。

「ごめんなさい。多分、ザキはお父さんから男らしくなれって言われてきたから、アルダの繊細なところが許せないんだと思う。最近わたしがアルダと会っていないか怪しんでいるし」

「ぼくは男らしくないのかな」

「ううん。アルダはかっこいいよ。前に知っているアルダじゃないみたい。頼もしくなった」

アルダは、ラナーに近寄るなとザキがけん制し続けてきたことを正直に話した。

ラナーは怒った。

「ザキにそんなことを言う権利はないのに！　……ひょっとすると、お父さんが亡くなってから、そんなところでもお父さんの代わりをしようとしているのかもしれない。でも、あなたを脅したりしないか心配」

「脅されてもぼくは平気だ。でも、ザキはラナーのお父さん代わりだったんだろう。だったら、彼にもちゃんと認められたい。ぼくは団長になったらはっきりとラナーと交際したいって伝えるよ。団長は４人しかいない。その地位に就くのは大変な名誉なんだ。そうしたらザキも文句はないだろう」

ラナーはうなずいた。

アルダは決意した。次の団長は、ザキがライバルになるだろう。親方もザキの実力を買っているが、自分だって親方に信頼されている。いずれはぼくが親方の右腕になるんだ。

体の芯から、今までに感じたことのない炎のようなやる気がほとばしるのを感じた。

「ラナー、きみのことが好きなんだ」

ラナーは頬を赤らめ、胸のあたりで手を握りしめた。

「私も好き」

アルダは幸福感につつまれ、ラナーを抱きしめた。その体は柔らかく、壊れてしまいそうなほど細かった。

後任の団長

採掘量が減り、石切り場が移動することになった。

今までの場所よりずっと遠くになってしまう。湾岸都市から片道3時間はかかる。

職人たちの多くは新しい石切り場に小屋を建てて宿舎とし、寝泊まりをすることになった。食事と寝床は用意される。アルダも宿舎に泊まることに。

宿舎は１棟に20名分のベッドが２段で並んでいた。

６日間石切り場で寝泊まりしながら働き、１日は湾岸都市に帰る、という生活が始まった。宿舎に仲間たちと泊まるのは楽しかった。

ラナーに会えないのと、母親の手料理を食べられないのは寂しかったが、その代わり湾岸都市に帰る日が心の底から楽しみになった。

団長になるチャンスは思いがけず早くやってきた。

団長の１人が病気で辞めることになったのだ。

後任は誰かという話で持ちきりだった。

アルダではないかと言われることもあった。

親方が職人たち全員を岩場に集めた。ここで団長が発表されるのは間違いなかった。

アルダは期待と興奮でどきどきしていた。

「みなも知っているとおり、団長の席が空いてしまった。後任の団長を発表する」

ざわついた。

アルダの周りの数人が、アルダを見てにやりとした。隣の者は、肘でつついた。

緊張で心臓が止まりそうだ。ラナーの顔が思い浮かぶ。

「後任の団長には、ザキを任命する」

歓声と拍手が鳴りひびく。

ザキは特に驚く様子もなく、手を挙げて応えた。

数人が落選したアルダの様子をうかがった。アルダはなんでもないという振りをして、拍手で祝福した。

確かに、ザキはみんなをまとめるのが上手い。ザキが指示をしなくても、自分で動けるチームを作れる。それに比べ、ぼくは技術のことは聞かれても、みんなを引っ張るような力を持っていない。

結局、みんなが慕ってついていくのはザキだ。
ラナーごめん。団長にはなれなかった。
あんな乱暴者に、どんなに努力しても勝てないなんて。
親方の右腕になろうなどという大それた夢を持っていた自分が間抜けに思えた。
仲間の何人かが慰めてくれた。その言葉はただ心の傷を大きくするだけだった。
久しぶりにハサンおじさんと話をしたい……。

襲撃

その日の夜明け前のこと。
宿舎の中ではいびきやら寝言やらが聞こえる。
アルダも夢の中にいた。

遠くで大騒ぎをしている。ザキの昇進を祝う酒盛りがまだ続いている。なんてうるさいんだ。

いや、これは夢ではない。外で誰かが叫んでいるようだ。

声が増えていく。騒ぎが大きくなっていく。

そのとき、扉が大きな音を立てて開いた。

「みんな起きろ!!　大変だ！　町が襲われたぞ」

アルダも身を起こした。

「襲われたって、誰に？」

「海賊が闇に紛れて、町を襲撃した。火を放ったらしい。さっき知らせが来た」

その言葉で宿舎の数名が飛び起きた。

まだ寝ている者を叩いて起こす。アルダは上段のベッドで寝ている仲間をゆする。

「起きろ！　大事件だ！」

「武器になるものを持て！」

職人たちは道具置き場の斧《おの》やナイフ、金槌、つるはしなどを手にして、湾岸都市を目指して駆けだした。アルダも斧を手にして走る。

百数十人の男たちが月夜の大地を走り続ける。

みんなは無事だろうか。大切な人たちの顔がちらついていた。母さん、ラナー、ハサンおじさん、３人の娘たち、奥さん。

息が切れて、脇腹が痛くなっても、無視して走り続けた。

もう限界だ。頭がくらくらする。意識が遠くなる。

「燃えているぞ！」

誰かが湾岸都市の方角を指して言った。

ぼうっと明るい。

さらに近づくと、草木の陰に町から逃げてきた人々がいた。泣いている女子供もいる。けが人も多いようだった。避難した町の人から話を聞いた。

「城壁を乗り越えて海賊が襲ってきて、町の人々を斬り殺していったんだ。金目のものを奪い去ると、家に火をつけやがった。まだ町中を略奪している」

「海賊どもを殺してやるぞ！　みんなを守るんだ！」気付くとザキが隣にいて仲間に声を掛けていた。

疲れ果てていたはずのアルダの体のどこからか猛烈な力が湧いてきた。

南の城門までやってきた。

夜間は閉ざされているはずの城門が開けられていた。門兵が血を流して倒れている。

海賊はどうやって侵入したのだろう。

その謎はすぐに解けた。城壁にはしごがいくつか掛けられている。海賊ははしごを上って、城門を内側から開けたのだ。

ちょうどそこへ、略奪品を抱えた海賊たち十数人がやってきた。

石切り職人たちとにらみ合いになる。

「海賊どもを蹴散らせ！」叫んだのは大きな金槌を持った親方だ。

「うおーっ！」

数で圧倒する石切り職人たちは獣のように吠え、雪崩《なだれ》のようにおしかかった。

海賊は次々に斧やつるはしに倒れた。日々重労働で鍛えられた男たちの敵ではなかった。

残った数人の海賊たちは逃げだした。

男たちは勝利の雄叫《おたけ》びをあげる。

町はひどい略奪にあっていた。

建物からは炎が上がり、いたるところにけが人が倒れている。

剣で斬りつけられた者。矢が刺さった者。やけどを負った者。すでに息絶えている者も多かった。犠牲者の中には異国の商人も見られた。略奪の標的にされていた。

火はまだ広がっている。

これが現実だとは信じられない。

「よし、お前たち。水をかぶれ。残っている人たちを助けに行くぞ！」

ザキが配下の者たちに叫んだ。

「アルダ、お前は火事を消し止めるようみんなを指揮しろ、俺たちは町の人を助け出す」

ザキは先頭に立って火の町に飛び込んでいった。

アルダは残りの者たちに指示して、バケツや桶《おけ》を探し出し、町中の消火用の樽から水をくみ出して消火にあたらせた。

「樽が少ないな。探してくる」

アルダが細い路地を奥に入ったときだった。

角を曲がったところで、略奪品でふくれあがった袋を担《かつ》いだ海賊がいた。

逃げ遅れたのだろうか。目が血走り、呼吸が荒い。

海賊は袋を石畳に降ろし、ナイフを構え、うなり声をあげる。

アルダの全身の毛が逆立った。手斧を握りしめる。

海賊の背は高い。だめだ。かなうはずがない。でも背中を見せたら後ろから襲われる。

アルダは少しずつ後ずさった。

海賊は間合いを詰めてくる。

アルダが弱腰なのを見て取った海賊は、垢《あか》とすすで汚れた顔に薄ら笑いを浮かべた。ナイフを見せつける。

アルダの手にしている斧は作業用だ。あまりに頼りない。

海賊はアルダの左の脇腹を狙ってナイフを突き出した。

斧でそれを外に払って防ぐ。

背丈《せたけ》で勝る海賊がアルダに体重を預けて押し倒そうとする。

だめだ。アルダは倒されないよう、腰を落としてふんばった。

軽さに驚いた。普段持ち上げている重たい石に比べるとずっと軽かった。

アルダが膝を伸ばすと海賊の体がひょいと宙に浮いた。

その勢いを使って、後ろに倒れながら、海賊の腹部に腕を当てて持ち上げる。

海賊の体は見事に弧を描いた。

投げ飛ばされた海賊は頭から石畳に落ちた。

アルダは急いで立ち上がり、体勢を整える。

持っていたはずの斧がない！

海賊の足元だ。

海賊が頭を手で押さえながら立ち上がる。頭からどす黒い血が顔に流れている。

「ぐうー」

恐ろしい目でにらみ、うなった。手に持ったナイフが光る。

後ろを振り返るが、炎が行く手を遮《さえぎ》っている。逃げ場がない。

そのときだった。

海賊の背後から大きな人影が現れたかと思うと、手にした大金槌で海賊の脳天を一撃した。

海賊は前のめりに倒れ、息絶えた。

そこに立っていたのは親方だった。肩周りの筋肉を盛り上がらせて大金槌を持ったその姿は、神話に出てくる戦いの神のようだった。

■第４の秘法を自分のものにするためのレッスン■

①あなたにお金を払ってくれる人が顧客だとすると、あなたの顧客は誰ですか？

※上司がいる人は上司を顧客のスタッフとして見ましょう。

②その人はあなたに何を期待していると思いますか？

③あなたに期待していることをその人から聞き出しましょう。

※顧客は自分が求めていることを上手に説明できるとは限りません。

④何をすると期待を超えることになりそうですか？

《このレッスンに取り組むと得られること》

□ 上司にイライラしなくなる
□ 上司との関係がよくなる
□ 信頼されるようになる
□ 権限が増える
□ やりがいが増える

第5の秘法　行き詰まったときのとてもシンプルな対処法

見たくなかった光景

朝日が昇ってきた。

くすぶった煙がたちこめている。

辺りは黒焦げになり、煙のにおいに満ちていた。

家の石壁は残っているが、屋根などの木でできた部分は焼け落ちてしまった。

アルダは肩から腕にかけてズキズキとひどい痛みがあることに気付いた。いつの間にかやけどをしていた。

母さんは無事だろうか。

泣き声、苦しむ声が聞こえた。けがを負った人が何人もいた。助けを求められたが謝って先を急いだ。

幸い、アルダの家の一帯はほとんど損傷がなかった。

「母さん！」

扉を開けて呼ぶが返事はない。寝室も探したがいない。

どこか安全なところに避難したのだろう。

次に、アルダはハサンおじさんの家に向かった。扉が開いている。

木製の扉や屋根も焼けずに残っていた。

そこに倒れている人の足だけが見えた。

まさか！

入り口に倒れていたのはハサンおじさんだった。

肩から斜めに切られた深い傷がある。すでに息絶えていた。

「ああ、なんてことだ。ああ」

見慣れた部屋は物がちらばり、血が飛び散り、ひどい有様だった。

奥の部屋の扉が開いている。

中に入ったアルダは口を手で覆った。

奥さんが倒れていた。いつも抱きしめてくれた胸が血に染まっている。

「信じられない。こんなことって……」

３人の娘たちの姿が見あたらない。連れ去られたのかもしれない。

「ひどい、ひどいよ。あんなに優しいハサンおじさんまで殺されるなんて」

こんなことをなぜ神様は許されるのだろう。

アルダは母親を捜して町を歩き回った。

町の人々に尋ねると、集会所に避難したという情報を聞いた。

集会所があった場所にはたくさんの人が集まっていた。石の壁が焼け焦げており、崩れた屋根や焦げた木材が散乱していた。

何人もの人が家族の名前を呼んでいる。

「うちの母がここに避難したと聞いたのですが」

アルダは知り合いをみつけて聞いてみた。

「たくさんの人がここに避難したんだ。だが、海賊はここに火を放った。中の人たちの多くは焼け死んだ」

集会所の一番奥の部屋に、数十人が折り重なるように亡くなっていた。

心臓がぎゅっと縮む。しかし、ここに母がいたという証拠があるわけではない。

アルダはほかをあたろうとした。

「アルダ」

呼ばれて振り返ると、顔や服をすすだらけにした女性が立っていた。

「ラナー!?　よかった」

二人は抱き合った。

「私の母と妹がいないの。見ていない？」

アルダは首を横に振る。「ぼくの母もいないんだ」

「あなたのお母さんは先にここに避難していたの。後から来た私を入れようとしてくれたけど、もう満員で入れなかった。運が良かったのか悪かったのか。私は他に避難したおかげで助かったの」

話を聞きながらアルダは血の気が引いていった。

みなで遺体を運び出している。どの遺体も焼けて、誰なのか判別がつかない。

その中に、見覚えのある緑の石の指輪を付けている亡骸を見つけた。

決してみたくなかった光景――。

「ああ、あああ」

黒く焦げてしまった母を抱きしめて泣いた。

後になって、身元が分かったのはまだ幸せなのだと知った。

身元が分からない遺体が数百体。行方が分からない人もその半分ほどもいたのだ。

王政府の要請

数日後、石切り職人たちは東の城壁に集まった。

海賊との戦いや消火活動で負傷した者も多かった。

ほとんどが家族や親類の誰かを失っていた。

ザキが声をあげた。母親と下の妹を亡くして激怒していた。

「みんなで海賊に復讐しに行くべきだ！」

「そうだ！　やつらの拠点を探し出して、同じ目に遭わせてやる！」

家族を殺されたり、さらわれたりした者は賛成の声を上げた。

アルダにもその気持ちはよく分かった。

奴らを殺してやりたい。大切な人を殺される同じ悲しみを与えてやりたい。

自分の中に驚くほど残虐《ざんぎゃく》で激しい衝動があった。

親方が立ち上がった。みなが静まる。

「問題は奴らが城壁を軽々と乗り越えてきたことだ。その城壁を造ったのは我々だ」

重苦しい空気が流れる。

アルダには親方の言葉が矢のように刺さった。

ぼくが誇りに思って造ってきた城壁は、最も大事なときに役に立たなかった。

親方は続けた。

「海賊に復讐したい者は、王政府の海軍に入隊すればいい。今までのように城壁を作りたい者は残れ」

居並ぶ者たちは歯ぎしりをした。

みな知っていた。海賊を探し出すことは容易なことではない。星の海の周辺を根城にしている海賊団はいくつもあるのだ。今回どの海賊が襲ってきたのかも分からない。

それに危険なのは海賊だけでない。他国の軍もいつ攻めてくるか分からない。

「王政府は、我々にさらに強固な壁を造るよう要請してきている。今回は商人たちも犠牲になった。生き残った商人たちは湾岸都市から離れてしまった。貿易で成り立っている湾岸都市にとっては大きな痛手だ。しかし、我々は今以上の城壁を造る技術を持っていない」

親方は全員を見渡し、一呼吸置いた。

「そこでだ。我々は新しい城壁の工法を考えなければならない。湾岸都市の命運をかけた事業だ。誰か志願する者はいないか？」

ざわついた。誰も手を挙げなかった。

数人がアルダを見たが、アルダは目を伏せた。

叱咤《しった》と激励

その夜、家に帰ったアルダはベッドに横たわっていた。

大切な人たちをいっぺんに亡くした喪失感と自分に対する無力感で何もする気力がない。

台所を見れば、自分のために料理を作っていた母の姿が思い出される。

涙が流れる。

こんなにたくさんの人が死んだのは自分のせいだ。

石切りの仕事を続けるのが怖くなってしまった。仕事を辞めようか。もう続けていく自信がない。

そのとき、誰かがドアを強く叩いた。

アルダは砂が詰まったように重たい体を起こし、ドアを開けた。

そこには怖い目をしたザキが立っていた。

「ど、どうしたんだい。ザキ」

「お前に言いたいことがあってきた」いきなりアルダの胸ぐらをつかんだ。

「何するんだ」

「お前がやらないで誰がやるんだ」

「え？」

「とぼけるな。新しい城壁を考える仕事だ」

「……そんな、ぼくには無理だよ」

「簡単にあきらめやがって。俺の親戚は何人も殺された。お前もそうだろう。悔しくないのか？」

「ぼくにはできないよ。だって、今の城壁だってすごく立派で、町を守っているって愚かにも思っていたんだ」

「なんだと!?」

ザキは怒りにまかせて椅子を蹴り、アルダの胸を突き飛ばした。

その拍子でアルダは後ろに倒れ、テーブルに強く背中をぶつけひっくり返った。

「城壁は町を守っていなかったと言いたいのか？　城壁がなかったらもっとひどいことになってたぞ」

「でも大勢が死んだんだ。みんなの命がかかっている。ぼくには荷が重すぎるよ」

「はっきり言って、お前のことは気にくわない。ムカつく野郎だ。とろくて、不器用で、間抜けな奴だ。――でも努力していたのは知っている」

意外な言葉にアルダは顔を上げた。

「え？」

「お前にこんなことを言わなくちゃならないなんて、本当にムカつくぜ」ザキは髪をくしゃくしゃとかきむしった。アルダに顔を近づけて指差した。「いいか。二度と言わないぞ。お前はとろい不器用な奴だが、誰よりも努力してきたはずだ。こんなときこそ、ふんばる必要があるんじゃねえのか！」

「でも、ぼくには君ほどの才能がないんだよ。団長にも選ばれなかった」

「それは俺のほうが団長に向いているからだ。お前には俺ができないことがあるだろう」

「ザキにはできないこと?」

「目の前にあるのが見えないのか。お前にはその頭があるだろう。みんなを束ねるのは俺に任せろ」ザキは城壁の方向を指差した。「町の人を守る城壁を考えろ。今度こそ、絶対に、絶対に、海賊なんかを寄せ付けない、登らせない城壁にするんだ」

ザキの熱い気持ちに心が揺れた。

「嬉しいよ。でも、自信がないんだ。次も失敗したらと思うと」

「失敗するかどうかはやってみないと分からないだろう」

「でも、ぼくより適任の人がいるかもしれない」

「それはお前が判断することか? 団長が判断することだろう」

「ああ……。たしかにそうだ」

「大切なのはやる気だ。お前は意欲に燃えていただろう?」

「……やる気か。ごめん。それが今はそんなに湧いてこないんだ」

「今のお前のやる気がないなんて見りゃ分かる。今大切なのは、目的を思い出すことだ。熱心に学びはじめたころの原点だ。初心を思い出せ！」

そのときだった。

テーブルに置いてあった巻物が光り輝きだした。

第５の秘法

「なんだこりゃ!?」ザキは後ずさった。

「大丈夫。今、最後の謎が解けたんだ」

「謎……だって？」

アルダは説明した。行商人から買ったこと。謎を解くと秘法が現れること。この秘法に書かれているとおりに今までやってきたこと。

巻物には【原点に帰る】と書いてある。

「ザキが今言ったことだ。そうか、今の気分で仕事をすると、こういうことになってしまうのか」

「ああ……そうだな」ザキはまだ困惑していた。

「気分が下がってやる気がなくなってしまったときこそ、原点に帰ればいいんだ！」

「アルダ、待ってくれ。他のはなんて書いてあるんだ」

「そうだね。説明するよ。第1の秘法は【専門家としての意識を持つ】で、ぼくは石切りの専門家だって決めて、上手な人のやり方を観察して、分からなかったら聞くと決めた。

第2の秘法は【自分を責めずに改善する】だ。だめだったらただ行動を変えていけばいいんだ。

第3の秘法は【仕事の意味を考える】で、ぼくは自分の仕事が石を切り出す作業ではなく、城壁を造ることだったと分かった」

アルダは話しながら、あのときと同じように、意識がはっきりし、体に力がみなぎって来るのを感じていた。

「そして、第４の秘法は【期待を超える】だ。自分にお金を払ってくれる人が期待していることを聞き出して、その期待をさらに超えることを考えるんだ。ぼくは安全を大切にしながら、今より効率が良くて安全な方法を見つけていくことに決めた」

どこかに消えていたエネルギーが復活し、血を熱くさせていた。

ザキは感心してうなった。

「なるほど。そして、第５の秘法が【原点に帰る】。すべてが無意味だったと感じるような事態になったときには、出発点に立ち戻ればいいわけか。また第１の秘法からはじめればいい」

「うん、そういうことだね」

「恐ろしくよくできているな。働くときにはこのすべてが絶対に必要なことだ。そうか。やっと納得がいった。グズでのろまのお前が急に成長した理由はこれだったのか」

「グズとかのろまとか言い過ぎだよ。考えてみれば当たり前のことだし、分かっていそうなことなんだけど、ちゃんとは誰も教えてくれないことだと思う」

「ああ。確かにな。部下に教えないといけないな」

アルダは立ち上がって、ザキに右手を差し出した。

「ザキ、目が覚めたよ。ザキの言うとおり、終わったわけじゃない。ぼくもあきらめない。ありがとう。きみはみんなを束ねてくれ。ぼくは親方にやるって言ってくる。もし選ばれたらみんなが期待している以上の城壁を考える」

ザキはその手に目をやった。

「ふん、勘違いするな。共通の目的のために協力するだけだ」

そう言ってから握り返した。固く、力強い手だった。

出航

翌日、アルダは親方の元を訪れた。

「親方、城壁の話、ぼくにやらせてください」

親方はアルダの目をじっと見た。

「途中で投げ出せない仕事だぞ。それだけじゃない。湾岸都市の命運もかかっている」

「はい、分かっています。僕の使命だと思って取り組みます」決意は固かった。

「ほう、使命か。新しい城壁をどうやって考えるつもりだ」

「できれば、他国の優れた城壁の造り方を観察して回りたいと思います。ヴァレントの城を囲む城壁は難攻不落だと聞いています。ヘサイの最大の市場ペナゴウの城壁は、商人が立ち寄りたくなる造りだと聞いています。他にも噂に聞く城壁を見て学びたいのです。できればその国の担当者にやり方を聞ければと」

「分かった。お前に任せよう。王政府にかけあってみる」

これがきっかけとなり、友好国を巡る視察団が結成された。

城壁の防衛にあたる軍の指揮官、王政府の町の区画を管理する役人、港の開発と管理をする役人など数人で編成された。

出発の日、港は視察団を見送る人々であふれていた。

石切り職人の仲間たちは、アルダの服装を見て「なんだ、その格好は」と笑った。技術者の代表ということで、アルダにも礼服が用意されていた。深い青のコートで、肩や袖に黄色い刺繍《ししゅう》がほどこされている。自分でも石切り職人がこんな格好をしているなんて不思議な気分だ。

ザキが袋を渡した。

「これは仲間で出しあった旅賃だ。くだらないことに使うんじゃないぞ」

ずしりと重い。相当な額が入っている。仲間たちの顔を見ると胸が熱くなった。

アルダはザキに巻物を渡した。

「よかったら、みんなにこの内容を教えてあげてくれ。ぼくみたいな奴でも変わることができたから」

「ああ、分かった。遠慮なく使わせてもらおう」

もう1人、危険な航海の前に話しておきたい人がいた。

アルダはその人に近づいた。

「ラナー。この前の約束を覚えているかい」

頬をバラ色に染めてラナーはうなずいた。

「ぼくは、団長になるタイプじゃなかった。その代わり、違う道を進むことになった。この航海から帰ってきたら、ザキもぼくのことを認めてくれると思う」

ラナーの顔に笑顔が浮かんだ。

「ザキはあなたをもう認めているわ。アルダはやる奴だって褒めているもの」

ラナーは着けていた耳飾りの片方を外した。

「これを持って行って。絶対に帰って来てね」

愛する女性の片方の耳飾りは、船乗りの命を守ると言われている。

アルダは大切にそれをしまった。

船は港を出航した。

巡察

生まれて初めて星の海を渡った。

夜の海、船が波を立てると海の中に青い光が現れる。

星の海と呼ばれる理由だ。

視察団は、アスン、ヴァレント、ヘサイといった国々を回った。これらは湾岸都市と古くからの友好国だった。

アスンの城壁は石の代わりに日干しレンガで造られていた。運搬の手間がかからず、また短期間で完成させることができる。

ヴァレントは要塞都市と呼ばれている。城壁はそびえるように高く、20メートルもの厚さがある。これに比べると湾岸都市の城壁はただの壁であった。目を引くのは曲がり角に張り出した塔だ。ここから壁にとりついた敵を矢で射ることができる。なぜか塔は半円になっていた。技術者にその理由を聞くと、石の節約のためだという。

ヴァレントとは長い友好関係があるため、技術者に工法を教えてもらうことができた。

アルダはこの城壁をお手本にすれば、敵が乗り越えられない城壁を造れると確信した。

さらに期待を超えることを考え続けた。

都市を守る以上のものはなんだろう。

ヒントは、最後に寄った商業国家へサイにあった。へサイの城壁は、土で盛られた土塁の上に高い木の柵が建てられた簡単なものだった。しかし、柵には色とりどりの商人や商業組合の旗が立てられ、にぎわいを感じさせた。

アルダは敵を防ぐだけでなく、商業が発展するような城壁を造ることに決めた。

するとただの城壁だけの話ではない。町をどう造るかという話になってくる。

同行している役人たちと毎日夜遅くまで話し合った。最初は軍人や役人たちだと聞いて疎ましい連中だと思ったが、同じように復興に意欲を燃やす仲間だと分かった。

再会

ヘサイでの巡察の最後の日。

港で聞き覚えのある話し声がした。

「これは、悩みを解決し、人生に幸せと成功をもたらす〝秘法〟が書かれた巻物なのだ」

目を向けると、年老いたロバを引いている異国の商人が若者と話をしていた。

若者は口を半開きにして、いかにも間抜けそうだった。

「秘法？　いくらですか？」

「3ゴールドと言いたいところだが、今日は特別に1ゴールドにまけてやろう」

「ええっ、1ゴールドなんて持っていませんよ。1ゴールドあったら上等な酒をたらふく飲めるし」

アルダは近づいた。

「失礼します。ちょっときみ、この巻物は絶対に買ったほうがいいですよ。ぼくも前に買って、今では国の代表として巡察に来るほどになりました」

「おお、これは湾岸都市で巻物を買ってくれたいつぞやの若者ではないか。見違えたぞ。やはり、私の目に狂いはなかったようだな」

アルダは両手を広げて礼服を見せた。

「商人さま。お久しぶりです。お礼が言いたいと思っていたのでした。あの後、巻物のおかげでどれほど人生が変わったかをお伝えしたいと思っていました」

アルダは若者に向き直って言った。「この巻物の価値を、お酒などと比べてはいけませんよ。というぼくもパン百個と比べましたけど」

アルダは経験者として巻物を強く勧めた。

若者はアルダを上から下まで観察して信用したようだ。１つ巻物を買っていった。

「彼も種まきをする貴重な若者の1人だ」

「ええ、そうですね」

あの若者が将来どんな大物になるのだろうと思うと、楽しみになった。

「普通の者は、目先の小さな利益を選ぶ。落ちている木の実を拾うばかりで、種まきをする者は少ない。その点、お主はしっかりと種まきをした」

「本当に商人さまのおかげです」

「お主のオーラを見れば、どれほど成功し、人間的にも成長したのか察しがつくわ。巻物の謎を最後まで解いたのだな」

「はい。5つ全て。どれもが大切で、1つでも欠けていれば今の自分はありません。でも、本当にいろいろなことがありました。挫折、喜び、そして別れ……。ああ、そしてこれも役に立ちました。おかげで母を見つけることができました」

アルダが触れている緑の石の指輪に、商人も目を向けた。

「うむうむ。波乱があったということはお主にそれだけの器があったということだ」

「そうなのですね。あなたは、不思議な力を持っていらっしゃる。人の未来を見ることができるのですか」

「いや、見ようと思って見えるわけではない。たまたま見えるときがあるだけだ。ところで巻物はどうした？」

「あげてしまいました」

商人は笑った。

「思ったとおりだ。お主のように学びを分かち合える者は大物になる。小物は手に入れた成功にしがみつき、学びを自分だけのものとして隠してしまうのだがな。おお、そうだ」商人はロバの反対側の小さな箱を指差した。「上級用もあるぞ」

「本当ですか⁉　この先がまだあるんですか」

「もちろんだ。人生をあなどってはいけない。お主はやっと半分まで来たのだ」

「これでやっと半分ですか」

「さては、ここまで来るのに大変だったのに、もっと大変な経験をしないといけないと思ったな」

ずばりと言い当てられて驚いた。

「まさに、今そう思いました」

「だから半分なのだ」

「どういうことですか？」

「大変だと思って登るのは人生の前半。後半は大変ではないと知る。人生の醍醐味が待っておる」

「買います！　ぜひ買わせてください」

「そうくると思った。10ゴールドだ」

「えっ、10倍じゃないですか」

「当たり前だ。初級用と同じ値段のわけがない」

アルダは考えた。10ゴールドあれば家の家具をかなり上等なものに買い替えられるし、ラナーに素敵な服や装飾品をたくさん買ってあげられる。

すぐに自分が前と同じ考え方をしていたことに気付いた。

「買います！」

ちょうど仲間たちからもらった旅の資金が10ゴールド残っていた。それをまるごと渡した。

アルダは巻物の1つを直感で選んだ。

それを手に取ると、脈打つような高いエネルギーを感じた。

お礼を言って去ろうとしたときだった。

「ちょっと待ちなさい。これも持って行きなさい。お主に必要な品のようだ」

商人はポケットからなにやら取り出そうとした。

「えっ、まさか。それのせいでまた大切な人を失ったりするなんてごめんですよ」

アルダは後ずさった。手足が震えて鳥肌が立っている。

あまりの怯《おび》え方に商人は笑った。

「すまない。冗談だよ。今回は渡すべきものは何もない」

アルダは胸をなでおろした。

「またお会いできるでしょうか」

「さあな。運命がそうであるなら会うだろう」

「そうですね。ではいずれまた。ごきげんよう」

「若者よ。覚えておきなさい」

「分かっています。〝喜びと悩みは表裏一体〟なんですよね」

商人は満足そうにうなずいた。

「そのとおり。さあ、旅を楽しみなさい」

あとがきと解説

4年ぶりとなる7作目の成功小説をおとどけします。舞台は2作目の『星の商人』（サンマーク出版）と同じ湾岸都市ですが、本作のほうが百年くらい前の話です。

仕事でやりがいを感じながら結果を出すために、絶対に外せない3点セットがあります。セルフイメージ、カスタマー、ミッションの3つです。簡単に言うと「どんな私」が「誰」に対して「何」をするかという定義です。この3つは非常に重要なことですが、あまりに基本的なことなので見落とされがちです。

本書では、セルフイメージは「何の専門家であるか」、カスタマーは「顧客の期待を超える」、ミッションは、「仕事の意味」という表現になっています。

セルフイメージが「自分は素人だ」、「未熟だ」などになっていると仕事でミスが多くなり、就業時間外で自分の能力を高めるという意識が生まれません。「自分は専門家だ」と思うとそれだけで仕事中の集中力が高まり、通勤時間などでも自主的にスキルアップすることが当然だと思うようになります。

「顧客」とは誰かを多くの会社員は誤解しています。会社員にとっては直接の顧客は会社であり、間接の顧客は会社の顧客ですが、会社の顧客を自分の直接の顧客だと思いがちです。その誤解が根本にあるので、頑張って働いているのに、会社（上司）に評価されないという苦しみを味わっています。

自分の仕事を単に作業として捉えると、やりがいを感じられません。どんな仕事も雑務のほうが多いし、そういった作業はつまらないもの。犬飼ターボだって目を酷使してポチポチとキーボードを叩いている時間が作品作りの大半を占めます。でも、その作業がどんな結果になるのか。さらに、その結果が顧客や社会にもたらす効果は何か。時間や影響の範囲を広く見ていくと、自分の仕事に大きな価値があると分かります。

また、仕事で上手くいかなかったとき、それを改善することは不可欠ですが、その際ほとんどの人が、失敗を自分のせいにして、自らを責め、それが改善を苦しく難しくさせています。楽に結果を出している人は自分責めをしません。

また、いずれ改善だけでは乗り越えられない問題が発生します。そのときは、もう一度セルフイメージから見直す。第五の教えはより大きな規模の改善である「革新」を意味しています。

これを教えている会社は多くないようです。セミナーで話すと「こんなことはじめて考えた」という受講者が圧倒的に多く、それがきっかけで本書を書こうと思いました。

最後に【読者プレゼント】のお知らせです。セミナー受講生のみなさんに協力していただき、「自分の仕事を作業、意味（結果）、意義（効果）の3パターンで表現するワーク」として書き出したものを一覧表にまとめ、ウェブサイトで無料ダウンロードできるようにしました。「犬飼ターボ」で検索してくださいね。

どうかあなたの仕事がキラキラと輝きますように。

犬飼ターボ

犬飼ターボ（いぬかい・たーぼ）

成功小説家。24歳で企業家として独立。数々の成功と失敗を重ねながら、28歳のときに立ち上げたマーケティング会社が1億円の売り上げを超える。しかし、世間で言われる成功（収入、地位、名誉、時間）を手に入れたものの“完全に満たされた幸せ”は感じられなかった。その後、友人の勧めで受けた心理カウンセリングで、成功と幸せは違う軸で存在することに気づき、それを伝える小説を書くことを決意。成功と幸せを両立させるハピサク（ハッピー＆サクセスの略）のエッセンスを盛り込んだ作品を精力的に発表している。

他の著書に『CHANCE』『ＤＲＥＡＭ』『ＴＲＥＡＳＵＲＥ』『天使は歩いてやってくる』（飛鳥新社）、『星の商人』（サンマーク出版）、『オレンジレッスン。』（徳間書店）がある。

本書は二〇一四年七月に小社より刊行された
単行本を文庫化したものです。

仕事は輝く《文庫版》

2017年12月24日　第1刷発行
2022年11月7日　第3刷発行

著　者　犬飼ターボ

発行者　大山邦興

発行所　株式会社飛鳥新社
〒101-0003 東京都千代田区一ツ橋2-4-3 光文恒産ビル
電話　03-3263-7770（営業）03-3263-7773（編集）
http://www.asukashinsha.co.jp

装　丁　井上新八

印刷・製本　中央精版印刷株式会社

ISBN 978-4-86410-587-3